Voyages au Canada

Modernisation, dossier et notes réalisés par
Myriam Marrache-Gouraud

Lecture d'image par
Bertrand Leclair

folioplus

classiques

Samuel de Champlain

Voyages
au Canada

Myriam Marrache-Gouraud, agrégée de lettres modernes, est titulaire d'un doctorat en littérature française de la Renaissance. Elle enseigne à l'Université de Poitiers. Ses recherches sur la fiction rabelaisienne l'ont amenée à publier de nombreux articles, et un ouvrage consacré aux fonctions des personnages : *Hors toute intimidation. Panurge ou la parole singulière* (Genève, Droz, 2003). Elle a fait paraître en 2004 une édition annotée du cabinet de curiosités de Paul Contant (avec P. Martin, *Jardin et cabinet poétique* [1609], Presses universitaires de Rennes, 2004). Dernièrement, elle a publié différentes études consacrées aux cabinets de curiosités (XVIe-XVIIe siècle), orientant notamment ses travaux sur les objets exotiques.

Bertrand Leclair est romancier et essayiste. Il est également l'auteur de fictions radiophoniques. Derniers titres parus : *L'invraisemblable histoire de George Pessant*, Flammarion, 2010, *Petit éloge de la paternité*, Gallimard, 2010.

Sommaire

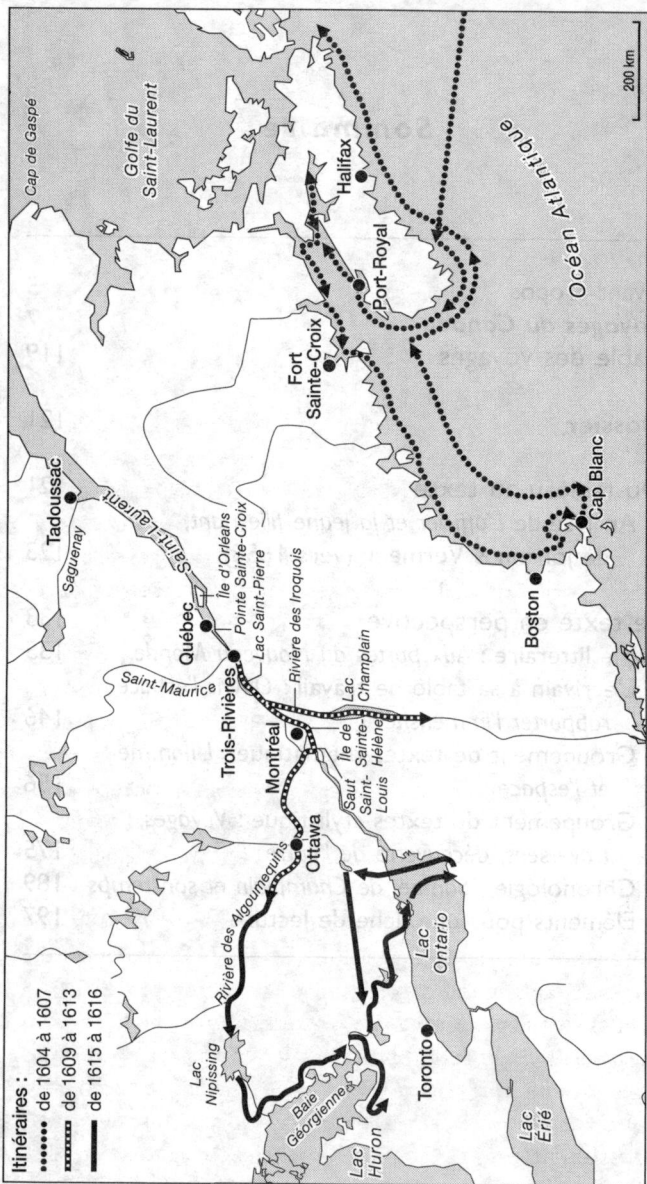

Les voyages de Samuel de Champlain (1604-1616)

Itinéraires :
...... de 1604 à 1607
┈┈┈┈ de 1609 à 1613
━━━━ de 1615 à 1616

200 km

Avant-propos

Champlain traversa vingt-trois fois l'Atlantique. Il fit onze voyages au Canada entre 1603 et 1629, qu'il relate dans quatre livres parus de son vivant de 1603 à 1632. Il rapporta en effet, à chacun de ses retours, des récits et des cartes, qui constituent une trentaine d'années de témoignages, dans le but de décrire les nouvelles terres et de rallier ses lecteurs à son projet de peuplement.

Pourquoi choisir ici le texte de 1613 ? Parce que c'est un récit d'aventures peu connu, hors du commun, rédigé par un homme qui désira aller vers le bout du monde ; parce qu'il raconte la fondation de Québec ; parce que, parmi tous les écrits publiés par Champlain, il occupe une place centrale ; enfin, parce que c'est un journal géographique de premier ordre, orné, dans l'édition originale, de nombreuses cartes et de belles gravures.

Nous avons choisi des extraits du premier (1608), du troisième (1611) et du quatrième voyage (1613) racontés et énumérés comme tels dans ce recueil. La subdivision par chapitres existe dans le texte de Champlain, mais nous l'avons réorganisée en fonction des extraits choisis et nous leur avons donné des titres, pour une meilleure compréhension du fil de la narration. Les références données dans le dossier indiquent le numéro du voyage en chiffres romains

(I, III ou IV) suivi du numéro de chapitre en chiffres arabes (ex : III, 3 : 3ᵉ chapitre du IIIᵉ voyage). La syntaxe, la ponctuation, l'orthographe ont été adaptées et modernisées.

Voyages au Canada

PREMIER VOYAGE, 1608

Chapitre I
Rencontre avec des sauvages en canot

De retour en France après avoir séjourné trois ans au pays de la Nouvelle France, j'allai trouver le sieur de Monts[1], auquel je racontai les choses les plus singulières que j'y avais vues depuis mon départ, et je lui donnai la carte et le plan des côtes et des ports les plus remarquables qui s'y trouvent.

Quelque temps après, ledit sieur de Monts décida de poursuivre ses projets[2] et d'achever les découvertes dans les

_____

1. Cet homme, originaire de Royan, joua un rôle clé dans l'installation en Nouvelle France. Principal soutien financier des expéditions de cette période, il obtient du roi l'autorisation de détenir le monopole du commerce des fourrures, ce qui signifie que les marchands doivent lui payer une taxe pour avoir le droit de traiter avec les Indiens. Il s'associe avec Champlain pour l'exploration de nouvelles zones commerciales.

2. Ce sont les projets d'installation permanente d'une colonie française, ce que personne n'a jamais réussi à faire auparavant : en 1603, Dugua de Monts a présenté au roi « sept articles pour la découverte et l'habitation des côtes et terres de l'Acadie », proposition qui consiste à se faire conférer, pour une période de dix ans, pratiquement tous les pouvoirs royaux (politiques, judiciaires et admi-

terres par le grand fleuve Saint-Laurent, où j'avais été par le commandement du feu roi Henri IV, le Grand, en l'an 1603. Il m'honora de la charge de lieutenant[1] pour le voyage ; et à cet effet, il fit équiper deux vaisseaux, où commandait, pour l'un, Dupont-Gravé[2], qui était délégué aux négociations avec les sauvages[3] du pays, et chargé de ramener avec lui les vaisseaux ; et moi, j'allai sur l'autre, pour hiverner[4] au dit pays.

J'allai à Honfleur pour embarquer, j'y trouvai le vaisseau de Dupont-Gravé qui était prêt. Il partit du port le 5 avril ; et moi, le 13. J'arrivai sur le grand banc[5] le 15 mai, à la hauteur de 45 degrés 1/4 de latitude, et le 26 nous eûmes connaissance[6] du cap Sainte-Marie, qui est à la hauteur de

---

nistratifs) nécessaires à la fondation d'une colonie — à charge pour le titulaire de payer tous les coûts afférents au transport et à l'entretien d'une soixantaine, voire d'une centaine, de personnes en Acadie. C'est, pour l'époque, un défi très ambitieux.

1. Il me fit l'honneur de me nommer lieutenant pour cette expédition (un lieutenant est un officier ayant des fonctions de commandement pour une compagnie donnée).

2. François Dupont-Gravé fut le commandant et compagnon de route de Champlain lors de son premier voyage au Canada en 1603. Ils remontent ensemble la rivière Saguenay, après avoir traité des fourrures à Tadoussac, et sont obligés de rebrousser chemin au saut Saint-Louis, qu'ils jugent impossible à passer en bateau, car les chutes d'eau sont trop importantes.

3. « Sauvage » est le terme couramment employé à l'époque pour désigner les autochtones que l'on rencontre sur place ; il n'a aucune valeur péjorative, et sera employé ainsi tout le long de ses récits de voyages par Champlain. Voici la définition qu'en donne le dictionnaire de Furetière (1690) : « Se dit des hommes errants, qui sont sans habitations réglées, sans religion, sans loi, et sans police. Presque toute l'Amérique s'est trouvée peuplée de sauvages. La plupart des sauvages sont anthropophages. Les sauvages vont nus, et sont velus, couverts de poil. »

4. Hiverner signifie passer l'hiver ; l'hivernage désigne cette situation.

5. Au sud-est de Terre-Neuve, le grands banc désigne les zones de pêche à la baleine et à la morue, fréquentées depuis le XVIe siècle.

6. Nous « eûmes connaissance », en langage maritime, signifie qu'on identifie un endroit grâce à des indices que l'on y a reconnus. Le dic-

46 degrés 3/4 de latitude, attenant à l'île de Terre-Neuve. Le 27 du mois, nous eûmes la vue du cap Saint-Laurent attenant à la terre du cap Breton et de l'île de Saint-Paul, distante de quatre-vingt-trois lieues[1] du cap de Sainte-Marie. Le 30 du mois, nous eûmes connaissance de l'île Percée, et de Gaspé, qui est sous la hauteur de 48 degrés 2/3 de latitude et distant du cap de Saint-Laurent de soixante-dix à soixante-quinze lieues.

Le 3 juin, nous arrivâmes devant Tadoussac, distant de Gaspé de quatre-vingts ou quatre-vingt-dix lieues, et nous mouillâmes l'ancre à la rade du port de Tadoussac, qui est à une lieue du port, lequel forme comme une anse à l'entrée de la rivière Saguenay, où il y a une marée fort étrange par sa vitesse, et où, quelquefois, il vient des vents impétueux qui amènent de grandes froidures. L'on estime que cette rivière s'étend de quelque quarante-cinq ou cinquante lieues du port de Tadoussac jusqu'au premier saut[2] qui vient du nord-nord-ouest. Ce port est petit, une vingtaine de vaisseaux seulement pourraient y tenir. Il y a suffisamment d'eau, et il est à l'abri de la rivière Saguenay et d'une petite île de rochers qui est presque coupée de la mer. Le reste, ce sont des montagnes très élevées, où il y a peu de terre, mais plutôt des rochers et du sable et partout des bois de sapins et de bouleaux. Il y a un petit étang proche du port, entouré de montagnes couvertes de bois. À l'entrée du port, il y a

---

tionnaire de Furetière (1690) donne cette définition : « On a aussi sur la mer connaissance des côtes par les divers signes qui s'y rencontrent, qui font juger du lieu où on est, tant par la description qu'on en trouve dans les Routiers, que par la couleur et hauteur des terres, caps et montagnes qu'on découvre, et par la nature du fond et du sable, les herbes, poissons et oiseaux qu'on y voit, et autres indices. » Nous conserverons systématiquement l'expression telle quelle chaque fois que Champlain l'utilisera dans cette acception.

1. Ancienne unité de mesure. Une lieue de Paris (avant 1674) vaut 3,248 km environ.
2. Chute d'eau, rapide ou cascade.

deux pointes, l'une du côté du sud-ouest, entrant de près d'une lieue dans la mer, qui s'appelle la pointe Saint-Mathieu, ou autrement « aux alouettes », et l'autre du côté du nord-ouest, de près d'un demi-quart de lieue, qui s'appelle la pointe de tous les Diables, à cause du grand danger qu'elle présente. Les vents du sud-sud-est frappent le port ; ils ne sont pas à craindre, contrairement à ceux du Saguenay. Les deux pointes ci-dessus nommées sont à sec à marée basse : notre vaisseau ne put entrer dans le port avant d'avoir un vent et une marée convenables.

En ce lieu, il y avait un grand nombre de sauvages qui étaient venus pour la traite[1] des peaux[2], et plusieurs vinrent à notre vaisseau avec leurs canots, qui sont longs de huit à neuf pas[3], et larges d'environ un pas ou un pas et demi par le milieu, et vont en diminuant par les deux bouts. Ils sont prompts à se retourner si on ne sait pas bien les gouverner[4] ; ils sont faits d'écorce de bouleau, renforcée à l'intérieur de petits cercles de cèdre blanc, bien adroitement arrangés ; et ils sont si légers qu'un homme peut aisément en porter un. Chacun doit peser à peine le poids d'une pipe. Quand ils veulent traverser par voie de terre pour aller en quelque rivière où ils ont affaire, ils les portent avec eux. Depuis Chouacoet, le long de la côte jusqu'au port de Tadoussac, ces canots sont tous semblables.

---

1. Commerce, échange.
2. Les peaux, « pelleterie » dans le texte original, sont des fourrures, de loutre, de castor... que les Indiens venaient échanger aux Européens contre des objets en métal notamment (couteaux, haches...) ; le commerce des peaux était florissant et lucratif en Europe, Dugua de Monts avait un privilège du roi pour en assurer le monopole en Nouvelle France.
3. Ancienne unité de mesure. Un pas correspond à 0,624 m environ.
4. Ici, ce verbe signifie piloter, manœuvrer, guider.

Chapitre 2
Premiers espoirs de passage vers la Chine

Après avoir conclu cet accord[1], je mis les charpentiers au travail pour qu'ils aménagent une petite barque d'une capacité de douze à quatorze tonneaux[2], apte à transporter tout ce qui nous serait nécessaire pour notre habitation ; elle ne put être prête avant le dernier jour de juin.

Pendant ce temps, j'eus la possibilité de visiter plusieurs endroits de la rivière Saguenay, qui est une belle rivière, et d'une profondeur incroyable, autour de cent cinquante ou deux cents brasses[3]. À quelque cinquante lieues de l'entrée du port, comme il a été dit, il y a un grand saut d'eau qui descend d'un lieu fort haut et avec une grande impétuosité. Il y a quelques îles dans cette rivière qui sont fort désertes, n'étant faites que de rochers et couvertes de petits sapins et de bruyères. La rivière compte une demi-lieue de large par endroits, et un quart en son entrée, où il y a un courant si grand que quand la marée est entrée aux trois quarts dans la rivière, cette dernière la repousse encore hors de son cours. Tout le territoire que j'y ai vu n'est que de montagnes et de promontoires rocheux, la plupart couverts de sapins et de bouleaux, terre fort mal plaisante de tous les côtés : ce sont enfin de vrais déserts inhabités, y compris d'animaux et d'oiseaux — car allant chasser par les lieux qui

---

1. Il s'agit de l'accord avec les sauvages qui sont venus négocier.
2. On compte la taille d'un navire d'après le nombre de tonneaux qu'il peut contenir, ce qui s'appelle le tonnage. Un tonneau, unité de mesure maritime, vaut environ 2,831m³.
3. Une brasse équivaut à environ 1,60 m.

me semblaient pourtant les plus plaisants, je n'y trouvais que de petits oiselets, comme des hirondelles et quelques oiseaux de rivière, qui y viennent en été ; autrement, il n'y en a point, en raison de l'excessive froidure qu'il y fait. Cette rivière vient du nord-ouest.

Les sauvages m'ont raconté qu'ayant passé le premier saut, ils en passent huit autres, puis sont une journée sans en trouver, et de nouveau en passent dix autres, et vont dans un lac, qu'ils traversent en trois journées, durant lesquelles ils peuvent faire chaque jour, sans peine, dix lieues en remontant. Au bout du lac vivent des peuples errants[1] ; trois rivières se jettent dans ce lac, l'une venant du nord, fort proche de la mer, qu'ils considèrent être plus froide que leur pays, et les deux autres venant d'autres côtes à l'intérieur des terres, où il y a des peuples sauvages errants qui ne vivent, eux aussi, que de la chasse. C'est le lieu où nos sauvages vont porter les marchandises que nous leur donnons pour traiter les fourrures qu'ils ont, comme castors, martres, loups cerviers[2] et loutres, qui y sont en quantité ; ils nous les apportent ensuite à nos vaisseaux. Ces peuples septentrionaux[3] disent aux nôtres qu'ils voient la mer salée[4] ; et si cela est, comme je le tiens[5] pour certain, ce ne doit être qu'un gouffre qui entre

1. Ils ne sont pas installés définitivement sur une terre, mais en changent selon les saisons et selon les ressources qu'ils y trouvent.

2. D'après Furetière (1690), animal sauvage qui tient du chat et du léopard, qui a de la vitesse, et qui est ennemi du cerf (d'où son nom de « cervier ») ; c'est une sorte de lynx.

3. Septentrion désigne le nord ; septentrional signifie donc du nord.

4. Comme on le verra particulièrement lors du dernier voyage présenté dans cet ouvrage, l'un des enjeux majeurs de ces expéditions pour le géographe qu'est Champlain est de découvrir un accès maritime vers la Chine par le nord du Canada, soit ce qu'il nomme la « mer du Nord ». Dès qu'il en a l'occasion, il interroge les autochtones au sujet de l'existence de cette mer, de la distance qui l'en sépare, et de l'itinéraire qu'il pourrait emprunter pour la trouver.

5. Champlain utilise souvent la forme « tenir que/pour » dans ses récits de voyages. Elle signifie : considérer, estimer ou penser…

dans les terres par les parties du nord. Les sauvages disent qu'il peut y avoir, de la mer du Nord au port de Tadoussac, quarante à cinquante journées[1] à cause de la difficulté des chemins et rivières, et d'un pays qui est très montagneux où, la plus grande partie de l'année, il y a des neiges. Voilà ce que j'ai appris de certain sur ce fleuve. J'ai souvent désiré faire son exploration, mais je n'en ai pas été capable sans les sauvages, qui n'ont pas voulu que j'y aille avec eux, ni avec aucun de mes gens[2] — toutefois ils m'ont promis que nous irions plus tard. Cette exploration ne serait point inutile, pour lever le doute de beaucoup de personnes sur cette mer du Nord, par où l'on tient que les Anglais ont été ces dernières années pour trouver le chemin de la Chine[3].

Je partis de Tadoussac le dernier jour du mois de juin pour aller à Québec, et nous passâmes près d'une île appelée l'île aux Lièvres, distante de six lieues dudit port, qui est à deux lieues de la rive nord et à près de quatre lieues de la rive sud. De l'île aux Lièvres, nous nous rendîmes à une petite rivière, qui est à sec à marée basse et qui comporte deux sauts si l'on s'y aventure de sept cents ou huit cents pas. Nous la nommâmes la rivière aux Saumons, car nous en prîmes alors. En suivant la côte du nord, nous arrivâmes à une pointe qui avance sur la mer, que nous avons nommée le cap Dauphin, distant de la rivière aux Saumons de trois lieues. De là, nous passâmes à un autre cap que nous nom-

---

1. Il s'agit d'une estimation de la durée du voyage, comptée en journées de marche.

2. Les civils et les militaires qui sont sous le commandement de Champlain.

3. Tous les pays européens se livrent à cette époque à la recherche effrénée du passage du nord-ouest, pour des raisons évidentes qui sont que l'Amérique est un continent qui s'est interposé sur la route maritime alors qu'on cherchait une voie par l'ouest, pour faire commerce avec l'Asie ; ce passage ne sera finalement trouvé qu'au XIXe siècle.

mâmes le cap à l'Aigle, distant du cap Dauphin de huit lieues :
entre les deux, il y a une grande anse, au fond de laquelle il
y a une petite rivière qui reste à sec à marée basse. Du cap
à l'Aigle, nous nous rendîmes à l'île aux Coudres[1] qui en est
distante d'une bonne lieue et peut s'étendre sur environ une
lieue et demie de long. Elle est de forme à peu près régulière
et va en diminuant aux deux extrémités. À celle de l'ouest, il
y a des prairies et des pointes de rochers qui s'avancent
quelque peu dans la rivière, et du côté du sud-ouest, elle est
fort batturière[2], toutefois assez agréable, grâce aux bois qui
l'environnent. Elle est distante de la rive nord d'environ une
demi-lieue, et il y a à cet endroit une petite rivière qui pénè-
tre assez loin dans les terres ; nous l'avons nommée la
rivière du Gouffre, parce que la marée s'y engouffre merveilleusement[3], et même par temps calme, elle est toujours
fort agitée car elle est très profonde. Mais le reste de la
rivière est plat et il y a de nombreux rochers à son entrée et
tout le long. De l'île aux Coudres, en suivant la côte, nous
arrivâmes à un cap, que nous avons nommé le cap de Tourmente, qui se trouve à cinq lieues, et nous l'avons ainsi
nommé car, pour peu qu'il y ait du vent, la mer s'y élève
comme si la marée était haute. En ce lieu, l'eau commence à
être douce. De là, nous allâmes à l'île d'Orléans, longue de
deux lieues : du côté du sud, il y a de nombreuses îles, qui
sont basses, couvertes d'arbres, et fort agréables, remplies
de grandes prairies, et de force gibier — les unes font deux
lieues de long, les autres un peu plus, ou un peu moins.
Autour de ces îles, il y a de nombreux rochers et des hauts-

---

1. Le coudre, ou coudrier, est un noisetier.
2. Terme de marine. Ce sont les plages de la mer où il n'y a pas
assez d'eau pour mettre les vaisseaux à flot. On les appelle autrement basses (Furetière, 1690).
3. Merveilleusement veut dire ici formidablement : l'adverbe indi-
que la force et l'énergie du courant.

17

fonds fort dangereux à passer, qui sont éloignés d'environ deux lieues de la rive sud. Toute cette côte, tant du nord que du sud, depuis Tadoussac jusqu'à l'île d'Orléans, est une terre escarpée et inhospitalière, où il n'y a que des pins, des sapins et des bouleaux, et de très mauvais rochers, dont l'accès ne saurait être simple en la plupart des endroits.

Du côté du nord, l'île d'Orléans est fort plaisante pour la quantité des bois et prairies qu'il y a ; mais il est très dangereux d'y passer, en raison de la quantité de pointes et rochers qui sont entre la grande terre et l'île, où il y a beaucoup de beaux chênes, des noyers en plusieurs endroits et, à l'embouchure, des vignes et d'autres essences comme nous en avons en France. Ce lieu est le commencement du beau et bon pays, distant de cent vingt lieues de l'entrée de la grande rivière. Au bout de l'île, il y a un torrent d'eau du côté du nord, qui vient d'un lac qui est dans les terres à dix lieues environ, et descend d'une paroi qui a près de vingt-cinq toises[1] de haut, au-dessus de laquelle la terre est unie[2] et plaisante à voir, bien que, dans le pays, on voie de hautes montagnes qui paraissent distantes de quinze à vingt lieues.

Chapitre 3
La conspiration du serrurier

De l'île d'Orléans jusqu'à Québec, il y a une lieue, et j'y arrivai le 3 juillet ; là, je cherchai un lieu approprié pour

---

1. Ancienne unité de mesure. Une toise correspond à environ deux mètres.
2. Champlain utilise le terme « uni » pour évoquer un paysage régulier, lisse, plan, uniforme, et même, pour cette raison, harmonieux (sans aspérité, sans escarpement, au relief régulier et égal).

notre habitation, mais je n'en pus trouver de plus commode ni de mieux situé que la pointe de Québec, ainsi appelée par les Sauvages[1], laquelle était recouverte de noyers. Aussitôt, j'employai une partie de nos ouvriers à les abattre pour y faire notre habitation, d'autres à scier des ais[2], d'autres à creuser une cave et à faire des fossés ; d'autres enfin à aller quérir nos commodités[3] à Tadoussac avec la barque. La première chose que nous construisîmes fut le magasin[4] pour mettre nos vivres à couvert, ce qui fut promptement fait par la diligence[5] de chacun et le soin que j'en eus.

Quelques jours après mon arrivée à Québec, il y eut un serrurier qui conspira contre le service du roi : après m'avoir fait mourir et s'être rendu maître de notre fort, il devait le remettre entre les mains des Basques ou des Espagnols qui étaient pour lors à Tadoussac et ne pouvaient progresser plus avant avec leurs vaisseaux, n'ayant la connaissance ni des passages ni des bancs et rochers qu'il y a en chemin[6].

Pour exécuter son malheureux dessein — sur l'espérance de faire ainsi sa fortune —, il suborna quatre de ceux qu'il croyait être parmi les plus mauvais garçons, leur faisant

---

1. Par ces mots « ainsi appelée par les Sauvages » l'auteur annonce que le mot *Québec* est issu de la langue des autochtones. Dans les différents dialectes de la langue algonquine, le mot *kebec* ou *kepac* signifie rétrécissement. Cela correspond à une réalité géographique du site, où deux pointes de terre rétrécissent les eaux. L'endroit est ainsi très abrité, ce qui explique qu'il ait été choisi.

2. Pièce de bois de sciage longue et peu épaisse, destinée à faire des planches ou des cloisons.

3. Aller chercher nos affaires et marchandises, tout ce qui nous serait « commode » pour vivre.

4. Le magasin désigne un lieu de stockage, une pièce dévolue au rangement, mot encore utilisé dans ce sens dans les bibliothèques.

5. L'ardeur et l'application.

6. Il est en effet très dangereux de s'aventurer dans le Saint-Laurent au-delà de Tadoussac avec un vaisseau de fort tonnage, encore de nos jours. À l'époque de Champlain, les cartes étaient, de plus, très approximatives.

supposer mille fausses espérances d'acquérir du bien. Une fois que ces quatre hommes furent gagnés[1], ils promirent tous de faire en sorte d'attirer le reste des hommes à leur cause, afin que je n'aie plus personne avec moi en qui je puisse avoir confiance, ce qui leur donnait encore plus d'espérance de réussir leur dessein. En effet, quatre ou cinq de mes compagnons, en qui ils savaient que je me fiais, étaient alors partis dans des barques pour s'occuper de la conservation des vivres et commodités qui nous étaient nécessaires pour notre habitation. Enfin, ils surent si bien mener leur intrigue avec ceux qui restaient qu'ils devaient finalement tous les rallier à leur cause, et même mon laquais, en leur promettant beaucoup de choses qu'ils n'auraient su tenir. Étant donc tous d'accord, ils adoptaient jour après jour diverses résolutions pour savoir comment ils pourraient me faire mourir sans en être accusés, ce qu'ils estimaient difficile. Mais le diable leur bandant à tous les yeux, leur ôtant la raison et toute la conscience de la difficulté qu'il pouvait y avoir, ils résolurent de me prendre au dépourvu sans armes et de m'étouffer, ou alors de donner la nuit une fausse alarme et de tirer sur moi au moment où je sortirais, et ils décidèrent que par ce moyen ils auraient au plus tôt accompli leur forfait. Ils se promirent les uns aux autres de ne point se trahir, sous peine, pour le premier qui ouvrirait la bouche, d'être poignardé ; ils devaient exécuter leur entreprise quatre jours plus tard, avant l'arrivée de nos barques, car autrement ils n'auraient pu aller jusqu'au bout de leur dessein. Ce même jour arriva l'une de nos barques, où se trouvait notre pilote appelé le capitaine Testu, un homme fort sage. Après que la barque eut été déchargée et qu'elle fut prête pour s'en retourner à Tadoussac, vint à lui un serrurier appelé Antoine Natel, compagnon de

---

1. C'est-à-dire ralliés à sa cause.

Jean Duval, le chef de la conspiration, qui lui dit qu'il avait promis aux autres de faire tout comme eux, mais qu'en fait, il ne désirait point mettre le plan à exécution et qu'il n'osait s'en ouvrir à quiconque : ce qui l'en avait empêché était la crainte qu'il avait d'être poignardé par les autres. Puis, Natel fit promettre audit pilote de ne rien révéler de ce qu'il dirait, car si ses compagnons le découvraient, ils le feraient mourir. Le pilote l'assura de tout cela, et lui demanda de lui faire le récit de la cabale qu'ils désiraient entreprendre, ce que Natel livra dans son entier. À cela, le pilote lui dit : « Mon ami, vous avez bien fait de dévoiler un dessein si pernicieux, vous montrez que vous êtes homme de bien et conduit par le Saint-Esprit. Mais de telles choses ne peuvent pas se dérouler sans que le sieur de Champlain le sache, pour y remédier, et je vous promets de faire ce qu'il faudra auprès de lui afin qu'il vous pardonne, et à d'autres. Et de ce pas, dit le pilote, je le vais trouver en faisant semblant de rien, et vous, allez faire votre besogne, écoutez toujours ce qu'ils diront, et ne vous souciez pas du reste. » Aussitôt, le pilote me vint trouver en un jardin que je faisais accommoder et me dit qu'il désirait me parler dans un lieu secret où il n'y aurait que nous deux. Je lui répondis que j'y consentais. Nous allâmes dans le bois, où il me conta toute l'affaire. Je lui demandai qui lui avait dit tout cela. Il me pria de pardonner à celui qui la lui avait déclarée, ce que je lui accordai, bien qu'il eût été de son devoir de s'adresser directement à moi[1]. « Il craignait, dit le pilote, que vous ne fussiez entré en colère, et que vous l'eussiez battu. » Je lui dis que je savais mieux me gouverner que cela en de telles affaires et demandai qu'il le fît venir, pour l'entendre parler. Il y alla, et l'amena tout tremblant de la crainte qu'il avait

---

1. Champlain regrette d'apprendre toute l'affaire par un intermédiaire.

que je ne lui fisse quelque déplaisir[1]. Je le rassurai et lui dis
qu'il n'avait pas à avoir peur, qu'il était en lieu sûr et que
je lui pardonnerais tout ce qu'il avait fait avec les autres,
pourvu qu'il dise entièrement la vérité de toute chose, et
le motif qui les avait poussés à cela. Rien, dit-il, si ce n'est
qu'ils s'étaient imaginé qu'en livrant la place aux mains des
Basques ou des Espagnols, ils seraient tous devenus riches,
et aussi qu'ils ne désiraient plus retourner en France ; et il
me conta le reste de leur entreprise[2]. Après l'avoir entendu
et écouté, je lui dis de retourner à ses affaires. Pendant ce
temps, je commandai au pilote de faire approcher sa chaloupe, ce qu'il fit. Ensuite, je donnai deux bouteilles de vin
à un jeune homme, afin qu'il allât dire à ces quatre galants[3]
principaux de l'intrigue que c'était du vin que ses amis de
Tadoussac lui avaient donné en cadeau et qu'il voulait le par-
tager avec eux ; ils ne le refusèrent pas et allèrent sur le soir
à la barque où il devait leur donner cette collation. Je ne
tardai guère à les y rejoindre et je les fis prendre et arrêter au moins pour la nuit, en attendant le lendemain. Voilà
donc mes galants bien étonnés. Aussitôt après, je les fis
tous lever (car il était environ dix heures du soir) et je
leur pardonnai à tous, à condition qu'ils me disent la vérité
sur tout ce qui s'était passé, ce qu'ils firent, et ensuite je
les fis se retirer.

Le lendemain, je pris toutes les dépositions les unes après
les autres devant le pilote et les marins du vaisseau ; je fis
coucher ces dépositions par écrit. Ils étaient d'autant plus
à l'aise en leurs dires qu'ils ne vivaient jusque-là que dans
la crainte, par la peur qu'ils avaient les uns des autres, et

---

1. Désagrément, désolation, tristesse (sens assez fort).
2. Au sens propre, une entreprise désigne ce qui a été entrepris.
3. Galant se dit d'un homme qui se donne une figure honnête et
tâche de plaire, mais qui peut par ailleurs avoir de sombres intentions. C'est ici un terme péjoratif.

principalement de ces quatre coquins[1] qui les avaient séduits[2] ; après cela, ils vécurent en paix, se contentant du traitement qu'ils avaient reçu en acceptant de faire leur déposition. Ce jour-là, je fis fabriquer six paires de menottes pour les auteurs de la sédition, et une pour notre chirurgien appelé Bonnerme ainsi qu'une autre pour un nommé la Taille, que les quatre séditieux avaient accusés, ce qui se trouva néanmoins faux, et ce qui fut l'occasion de leur rendre la liberté. Ces choses étant faites, j'emmenai mes galants à Tadoussac et priai Dupont-Gravé de bien vouloir les garder, d'autant que je n'avais encore aucun lieu assez sûr pour les mettre, et que cela nous gênait dans la construction de nos logements. Je voulais aussi prendre conseil auprès de lui et des autres personnes du vaisseau sur ce que nous devions faire. Nous fûmes d'avis qu'une fois que Dupont-Gravé aurait réglé ses affaires à Tadoussac, il viendrait à Québec avec les prisonniers et que nous les ferions se confronter à leurs témoins ; enfin, après les avoir entendus, nous pourrions ordonner que la justice soit faite selon le délit qu'ils auraient commis.

Je m'en retournai le lendemain à Québec pour exécuter au plus vite l'achèvement de notre magasin, afin de mettre en sûreté nos vivres qui avaient été laissés à l'abandon[3] par tous ces bélîtres[4] qui ne parvenaient à rien épargner, sans

---

1. Le terme est employé au XVIIᵉ siècle pour désigner des individus malhonnêtes menant une vie peu recommandable. Le sens actuel s'est beaucoup atténué.

2. Séduire a ici le sens étymologique de *se ducere*, conduire à soi, attirer vers soi et, particulièrement dans ce contexte, pour faire le mal. Furetière donne cette définition : « Abuser quelqu'un, le persuader de faire le mal, ou lui mettre dans l'esprit quelque mauvaise doctrine. »

3. La nourriture n'étant pas gardée dans un lieu fermé, tous se servent selon leurs besoins, sans songer à économiser (« épargner ») des denrées précieuses.

4. « Gros gueux qui mendie par fainéantise, et qui pourrait bien gagner sa vie. Il se dit quelquefois par extension, des coquins qui n'ont ni bien ni honneur » (Furetière).

se soucier de savoir où ils pourraient en trouver d'autres quand ceux-ci viendraient à manquer. En effet, je n'y pouvais trouver remède tant que le magasin n'était pas fait et fermé. Dupont-Gravé arriva quelque temps après moi, avec les prisonniers, ce qui apporta du mécontentement aux ouvriers qui restaient, car ils craignaient que j'eusse pardonné à ces prisonniers et qu'ils n'usassent de vengeance envers eux pour avoir dévoilé leur mauvais dessein. Nous les confrontâmes les uns aux autres, et ils maintinrent tout ce qu'ils avaient déclaré dans leurs dépositions, sans que les prisonniers ne les contredisent : ces derniers s'accusaient d'avoir méchamment agi et mérité une punition si on ne leur accordait aucun pardon. Ils maudissaient Jean Duval, le premier à les avoir conduits à une telle trahison dès qu'ils étaient partis de France. Ledit Duval ne sut que dire, sinon qu'il méritait la mort, et que tout le contenu des informations était véritable ; il demanda qu'on ait pitié de lui et des autres qui avaient adhéré à ses pernicieuses volontés.

Après que Dupont-Gravé et moi, avec le capitaine du vaisseau, le chirurgien, le maître, le contremaître et les autres marins, nous eûmes ouï leurs dépositions et confrontations, nous fûmes d'avis qu'il serait suffisant de faire mourir ledit Duval, en tant qu'instigateur de l'entreprise et pour servir d'exemple à ceux qui restaient, pour les inciter à se comporter sagement à l'avenir, selon leur devoir, et aussi afin que les Espagnols et les Basques qui étaient nombreux au pays n'en tirent aucune gloire. Nous fûmes d'avis que les trois autres seraient condamnés à être pendus, et qu'ils seraient cependant ramenés en France entre les mains du sieur de Monts, afin qu'il leur soit fait plus ample justice, selon qu'il le jugerait bon avec toutes les informations. Et la sentence fut exécutée, tant pour ledit Jean Duval qui fut pendu et étranglé audit Québec, et sa tête mise au bout d'une pique pour être plantée au lieu le plus éminent de notre

fort, tant aussi pour les trois autres qui furent renvoyés
en France.

Chapitre 4
Les mœurs des sauvages

Je fis continuer la construction de notre logement, com-
posé de trois corps de logis à deux étages. Chacun avait
trois toises de long et deux et demie de large. Le magasin
six, et trois de large, avec une belle cave de six pieds[1] de haut.
Tout autour de notre logement, je fis faire une galerie par-
dehors au second étage, qui était fort commode, avec des
fossés de quinze pieds de large et six de profondeur ; en
dehors des fossés, je fis plusieurs pointes d'éperons[2] qui
enfermaient une partie du logement, là où nous mîmes nos
pièces de canons ; et devant le bâtiment, il y avait une
place de quatre toises de large, et six ou sept de long, qui
donnait sur le bord de la rivière. Autour du logement, il y
avait des jardins très fertiles, et une place du côté du septentrion, de quelque cent ou cent vingt pas de long, cinquante
ou soixante de large. Plus proche de Québec, il y avait une
petite rivière qui arrivait dans les terres et qui venait d'un
lac distant de notre habitation de six à sept lieues. Je tiens
que dans cette rivière qui est au nord et un quart du nord-
ouest de notre habitation, ce fut le lieu où Jacques Cartier
hiverna, d'autant qu'il y a encore dans la rivière, à une lieue,
des vestiges d'une sorte de cheminée, dont on a trouvé les

---

1. Ancienne unité de mesure. Un pied correspond à 0,325 m environ.
2. Fortification en angle saillant, qui se fait au milieu des courtines,
sur les bords des rivières, etc., pour protéger une place (Littré).

fondations, et des traces, apparemment, de fossés autour de leur logement, qui était petit. Nous trouvâmes aussi de grandes pièces de bois carrées, vermoulues, et quelque trois ou quatre balles de canon. Toutes ces choses montrent à l'évidence que ce fut une habitation, laquelle a été fondée par les chrétiens.

Pendant que les charpentiers, scieurs d'ais et autres ouvriers, travaillaient à notre logement, je fis mettre tous les autres hommes à défricher autour de l'habitation, afin de faire des jardins pour y semer des grains et graines et voir comment le tout pousserait, d'autant que la terre paraissait fort bonne.

Pendant ce temps, quantité de sauvages s'étaient cabanés[1] près de nous, ils pratiquaient la pêche à l'anguille, qui commence environ au 15 septembre et se termine au 15 octobre. Durant cette période, tous les sauvages se nourrissent de cette manne[2], et en font sécher pour l'hiver jusqu'au mois de février, où les neiges sont hautes d'environ deux pieds et demi, et trois pieds au plus. C'est le moment où leurs anguilles et les autres choses qu'ils font sécher sont prêtes à être consommées : ils vont à la chasse aux castors, où ils restent jusqu'au commencement de janvier. Au moment où ils y étaient, ils nous laissèrent en garde toutes leurs anguilles et d'autres choses jusqu'à leur retour, le 15 décembre ; ils ne firent pas grande chasse au castor, parce que les eaux étaient trop hautes et les rivières débordées, ainsi qu'ils nous dirent. Je leur rendis toutes leurs victuailles qui ne leur durèrent que jusqu'au 20 janvier. Quand leurs anguilles viennent à manquer, ils chassent les élans et les

---

1. « Cabaner » signifie littéralement installer une cabane, donc établir un campement où l'on pourra dormir, ne serait-ce, parfois, qu'une nuit.
2. La manne est la nourriture ou richesse offerte par Dieu.

autres bêtes sauvages, en attendant le printemps. C'est alors que je trouvai l'occasion de discuter avec eux de plusieurs choses : j'éprouvais beaucoup d'intérêt pour leurs coutumes. "Souffrance des peuples indigènes"

Tous ces peuples souffrent tant que quelquefois ils sont contraints de vivre de certains coquillages, de manger leurs chiens et même les peaux dont ils se couvrent contre le froid. Je tiens que si on leur montrait comment vivre en leur enseignant le labourage des terres et autres choses, ils apprendraient fort bien : car il s'en trouve beaucoup parmi eux qui ont un bon jugement et répondent à propos sur ce qu'on leur demande. Ils ont une méchanceté en eux, qui est d'user de vengeance, et d'être de grands menteurs[1], des gens auxquels il ne faut pas trop se fier, si ce n'est avec prudence, et une arme à la main. Ils promettent beaucoup, mais ils tiennent peu. La plupart d'entre eux n'a pas de loi, selon ce que j'ai pu voir, avec tout plein de fausses croyances. Je leur demandai de quelle sorte de cérémonies ils usaient pour prier leur Dieu, ils me dirent qu'ils n'en usaient d'aucune, si ce n'est que chacun le priait en son cœur, comme il voulait. Voilà pourquoi il n'y a aucune loi parmi eux, et ils ne savent pas ce que c'est qu'adorer et prier Dieu, car ils vivent comme des bêtes brutes[2] ; je crois que rapidement ils deviendraient de bons chrétiens si on habitait leur terre, ce qu'ils désirent pour la plupart. Parmi eux, quelques sauvages qu'ils appellent Pillotois parlent au diable, pensent-ils assurément. Ce Pillotois leur dit ce qu'il faut qu'ils fassent, tant pour la guerre que pour les autres choses, et s'il leur

---

1. Ce sont des stéréotypes classiques, l'image du sauvage chez les Européens n'est pas flatteuse. Celle-ci évolue cependant au fil du texte de Champlain.
2. Comme de simples animaux. « Brut » veut dire ici non policé par des lois humaines, mais selon les lois de la nature.

commandait d'aller mettre à exécution quelque entreprise, ils obéiraient aussitôt à son commandement. De
même, ils croient que tous les songes qu'ils font sont véritables : et de fait, il y en a beaucoup qui disent avoir vu et
songé des choses qui adviennent ou adviendront. Mais
pour en parler avec vérité, ce sont des visions diaboliques
qui les trompent et les tentent. Voilà tout ce que j'ai pu
apprendre de leur croyance bestiale.

Tous ces peuples sont bien proportionnés de corps, sans
difformité, et ils sont en bonne santé. Les femmes sont bien
formées aussi, potelées et de couleur basanée, à cause de
certaines peintures dont elles se frottent, qui les font
demeurer olivâtres[1]. Ils s'habillent de peaux : une partie de
leur corps est couverte et l'autre découverte. Mais l'hiver,
ils remédient à tout, car ils sont habillés de bonnes fourrures, comme de peaux d'élans, de loutres, de castors, d'ours,
de loups marins[2], de cerfs et de biches qu'ils ont en quantité. L'hiver, quand les neiges sont hautes, ils fabriquent
des sortes de raquettes qui sont deux ou trois fois plus
grandes que celles de France, et qu'ils attachent à leurs
pieds ; et ils vont ainsi dans les neiges, sans s'enfoncer. Sans
cela, ils ne pourraient ni chasser ni aller en beaucoup de
lieux. Ils ont aussi une sorte de mariage : quand une fille est
âgée de quatorze ou quinze ans, et qu'elle a plusieurs pré-
tendants, elle va avec tous, comme bon lui semble. Puis au
bout de cinq ou six ans, elle prend celui qui lui plaît pour
mari et ils vivent ensemble jusqu'à la fin de leur vie ; cependant, si après avoir demeuré quelque temps ensemble, elle
n'a point d'enfants, l'homme peut se démarier et prendre
une autre femme, disant que la sienne ne vaut rien : ainsi les
filles sont plus libres que les femmes.

---

1. Nuance verdâtre, couleur olive, et mate.
2. C'est ainsi que sont appelés les phoques.

À partir du moment où elles sont mariées, elles sont fidèles, et leurs maris, pour la plupart, sont jaloux ; ils donnent des présents aux pères ou parents des filles qu'ils ont épousées. Voilà les façons et cérémonies dont ils usent en leurs mariages. Pour ce qui est de leurs enterrements, quand un homme ou une femme meurt, ils creusent une fosse où ils mettent tout le bien qu'ils ont, comme les chaudrons, fourrures, haches, arcs, flèches, robes et autres objets. Puis ils mettent le corps dans la fosse et le couvrent de terre, puis posent quantité de grosses pièces de bois dessus, et une autre debout, qu'ils peignent de rouge par en haut. Ils croient à l'immortalité des âmes, et disent qu'elles vont se réjouir en d'autres pays, avec leurs parents et amis qui sont morts. Si ce sont des capitaines ou autres ayant quelque importance, ils font un festin, trois fois dans l'année, en chantant et dansant sur leur fosse.

Pendant tout le temps qu'ils étaient avec nous, ce qui était le lieu le plus sûr pour eux, ils ne cessaient de craindre leurs ennemis, à tel point qu'ils s'alarmaient souvent la nuit en songe et envoyaient leurs femmes et leurs enfants à notre fort. Je leur faisais alors ouvrir les portes, mais je laissais les hommes demeurer autour du fort, sans permettre qu'ils entrent dedans, car ils étaient là autant en sécurité que s'ils avaient été à l'intérieur ; je faisais sortir cinq ou six de nos compagnons pour leur donner du courage et aller en reconnaissance parmi les bois pour voir s'ils ne pouvaient rien découvrir de satisfaisant. Ils sont fort craintifs et appréhendent infiniment leurs ennemis. Ils ne dorment presque jamais sereinement en quelque lieu qu'ils soient, bien que je les aie rassurés tous les jours, autant qu'il m'était possible, en les exhortant à faire comme nous : veiller une partie de la nuit, tandis que les autres dorment, avoir pour chacun les armes prêtes comme celui qui fait le guet, et ne pas tenir les songes pour vérité — idée sur laquelle ils se fondent — puisque la plupart ne sont que menteries, et je leur tins encore d'autres propos sur ce sujet. Mais peu leur servait d'entendre ces remontrances et exhortations, et ils disaient que nous savions mieux qu'eux nous protéger de toute chose, et qu'avec le temps, si nous habitions leur pays, ils pourraient apprendre beaucoup de nous.

Chapitre 5
Premières neiges

Le 1ᵉʳ octobre, je fis semer du blé, et le 15 du seigle. Le 3 du mois, il fit quelques gelées blanches ; les feuilles des arbres commencèrent à tomber au 15. Le 24 du mois, je fis planter des vignes du pays, qui poussèrent fort belles. Mais après que je fus reparti en France, on les perdit toutes, faute de les avoir soignées, ce qui m'affligea beaucoup à mon retour.

Le 18 novembre, il tomba quantité de neige, mais elle ne resta que deux jours sur la terre, et il se fit à ce moment un grand coup de vent. Ce même mois, il mourut un matelot et notre serrurier, de la dysenterie, comme cela arriva à plusieurs sauvages à force de manger des anguilles mal cuites, selon mon avis. Le 5 février, il neigea fort, et un grand vent souffla pendant deux jours. Le 20 du mois, il nous apparut quelques sauvages qui venaient d'au-delà de la rivière, qui criaient et voulaient qu'on les secoure, mais cela n'était pas en notre pouvoir, à cause de la rivière qui charriait un grand nombre de glaces ; la faim pressait si fort ces pauvres misérables que, ne sachant que faire, ils résolurent de mourir, hommes, femmes et enfants ou de passer la rivière, avec

l'espérance qu'ils avaient que je les assisterais en leur extrême
misère. Ayant donc pris cette résolution, les hommes et
les femmes emmenèrent leurs enfants et embarquèrent dans
leurs canots, pensant gagner notre côte par une ouverture
de glace que le vent avait faite ; mais ils ne furent pas plutôt au milieu de la rivière que leurs canots furent pris et
brisés entre les glaces en mille pièces. Ils firent si bien qu'ils
se jetèrent sur un grand glaçon avec leurs enfants que les
femmes portaient sur leur dos. Comme ils étaient là-dessus,
on les entendait crier, car ils ne pouvaient rien espérer
d'autre que la mort, spectacle fort pitoyable. Mais la bonne
fortune s'intéressa tant à ces pauvres misérables qu'un
grand bloc de glace vint heurter par le côté celui où ils
étaient, si rudement qu'il les projeta à terre. Voyant ce coup
si favorable, ils se retrouvèrent sur la terre ferme avec
plus de joie que jamais ils n'en éprouvèrent, en dépit de la
faim qu'ils ressentaient. Ils vinrent à notre habitation si
maigres et défaits, la plupart ne pouvant se soutenir, qu'on
aurait dit les squelettes des cours d'anatomie. Je m'étonnai
de les voir, et de la façon qu'ils avaient traversé, vu qu'ils
étaient si faibles et mal en point. Je leur fis donner du pain
et des fèves : ils n'eurent pas la patience d'attendre qu'elles
fussent cuites pour les manger. Je leur prêtai aussi quelques
écorces d'arbres, que d'autres sauvages m'avaient données,
pour couvrir leur cabane. Comme ils se cabanaient, ils avisèrent deux charognes qui avaient près de deux mois, que
j'avais fait jeter pour attirer les renards — nous en prenions des noirs et des roux, comme ceux de France, mais
beaucoup plus couverts de poils. C'étaient une truie et un
chien qui avaient enduré toutes les rigueurs des temps
chaud et froid. Quand le temps s'adoucissait, cela puait si
fort que l'on ne pouvait rester aux alentours ; néanmoins,
ils ne manquèrent pas de les prendre et de les emporter
en leur cabane, où aussitôt ils les dévorèrent à demi cuites,

et jamais viande ne leur sembla de meilleur goût. J'envoyai deux ou trois hommes les avertir qu'il ne fallait point qu'ils en mangent s'ils ne voulaient pas mourir ; comme ils approchèrent de leur cabane, mes hommes sentirent une telle puanteur venant de ces charognes à demi chauffées, dont ils avaient chacun une pièce en la main, qu'ils pensèrent vomir, ce qui fit qu'ils ne s'y arrêtèrent guère : ces pauvres misérables achevèrent leur festin. Je ne manquai pas pourtant de les aider autant que je pouvais, mais j'avais trop peu de choses pour la quantité qu'ils étaient et, en un mois, ils auraient bien mangé tous nos vivres, s'ils les avaient eus à disposition, tant ils sont gloutons. Car quand ils en ont, ils ne mettent rien en réserve et mangent tout sans se priver, jour et nuit, puis après ils meurent de faim. Ils firent encore une autre chose aussi misérable que la première. J'avais fait mettre une chienne en haut d'un arbre, qui servait d'appât aux martres et aux oiseaux de proie, et j'en prenais beaucoup, d'autant qu'ordinairement cette charogne en était assaillie. Ces sauvages allèrent à l'arbre et, ne pouvant monter dessus à cause de leur faiblesse, ils l'abattirent, et aussitôt enlevèrent le chien, qui n'avait plus que la peau, les os et la tête puante et intacte, mais qui fut aussitôt dévoré.

Voilà le plaisir qu'ils ont le plus souvent en hiver. Car, en été, ils ont de quoi se maintenir et faire assez de provisions pour n'être pas frappés par cet extrême dénuement, grâce aux rivières abondantes en poissons, à la chasse aux oiseaux et aux autres bêtes sauvages. La terre est fort propre et bonne au labourage, s'ils voulaient prendre la peine d'y semer des blés d'Inde[1], comme le font tous leurs voisins Algoumequins, Ochataiguins et Iroquois, qui ne sont pas sujets à de si cruels assauts de famine, car ils savent y remédier par le soin et la prévoyance, ce qui fait qu'ils

---

1. Nom donné au maïs.

vivent heureux comparés à ces Montagnais, Canadiens et Souriquois qui sont le long des côtes de la mer. Voilà dans l'ensemble leur vie misérable. Les neiges et les glaces y recouvrent la terre pendant trois mois, c'est-à-dire depuis le mois de janvier jusque vers le 8 avril où elles sont presque toutes fondues — et au plus, à la fin dudit mois, il ne s'en voit que rarement sur les lieux de notre habitation. C'est chose étrange, que tant de neiges et de glaces épaisses de deux à trois brasses sur la rivière soient, en moins de douze jours, toutes fondues. Depuis Tadoussac jusqu'à Gaspé, cap Breton, l'île de Terre-Neuve et Grande Baie, les glaces et neiges y sont encore, en la plupart des endroits, jusqu'à la fin du mois de mai : à cette période toute l'entrée de la grande rivière est bloquée par les glaces ; mais, à Québec, il n'y en a point[1], ce qui montre une étrange différence à seulement cent vingt lieues de chemin en longitude — car l'entrée de la rivière est par les 49, 50 et 51 degrés de latitude, et notre habitation par les 46 et deux tiers.

Chapitre 6
Les maladies de la terre[2]

Les maladies de la terre commencèrent à se déclarer fort tard, de février à la mi-avril. Dix-huit en furent frappés, dix en moururent, et cinq autres de la dysenterie. Je fis faire ouverture[3] de quelques-uns pour voir s'ils étaient mala-

---

1. C'est la raison du choix de Québec pour l'emplacement de l'« habitation ».
2. C'est le scorbut.
3. Il s'agit d'une autopsie.

des comme ceux que j'avais vus les hivers précédents : on trouva la même chose. Quelque temps après, notre chirurgien mourut. Tout cela nous plongea dans un grand désarroi, à cause de la peine que nous avions à panser les malades. J'ai décrit ailleurs la forme de ces maladies.

Je tiens qu'elles ne proviennent que de manger trop de salaisons et de légumes, qui échauffent le sang et gâtent les parties intérieures. L'hiver aussi en est en partie la cause, parce qu'il resserre la chaleur naturelle[1], ce qui cause une grande corruption de sang ; une autre cause est la terre : si elle est ouverte, il en sort certaines vapeurs qui y sont enfermées et qui infectent l'air[2]. On a pu voir par expérience, aux autres habitations et en notre logement, qu'au bout d'un an, une fois que le soleil avait resplendi sur les terres défrichées, l'air y était devenu bien meilleur et les maladies moins âpres qu'ici.

Pour ce qui est du pays, il est beau et plaisant, porte toutes sortes de grains et graines à maturité et possède toutes les espèces d'arbres que nous avons en nos forêts pardeçà[3], mais aussi quantité de fruits, bien qu'ils soient sauvages et non cultivés, comme des noyers, cerisiers, pruniers, vignes, framboises, fraises, groseilles vertes et rouges, et d'autres petits fruits qui sont très bons. Il y a aussi plusieurs sortes de bonnes herbes et racines[4]. La pêche de poissons y est abondante dans les rivières, il y a quantité de prairies et

---

1. Selon la théorie des humeurs que suit la médecine de l'époque, les maladies sont causées par l'excès, dans l'organisme, de l'une des quatre humeurs (sang, flegme, bile noire, bile jaune, classées selon les quatre éléments : feu, air, terre, eau), qui se répartissent selon quatre catégories : chaud, froid, sec, humide.

2. Cette infection de l'air est considérée comme l'une des causes de la peste, selon Ambroise Paré.

3. Chez nous. Littéralement de ce côté-ci de l'Océan, contraire de par-delà, qui veut dire au-delà de l'Océan.

4. On appelle racine tout ce qui pousse sous la terre, comme les carottes, les navets, les pommes de terre, etc.

du gibier en nombre infini. Depuis le mois d'avril jusqu'à mi-décembre, l'air y est si bon et sain qu'on ne sent en soi aucune mauvaise disposition. Mais janvier, février et mars sont dangereux pour les maladies qui prennent plutôt en cette période qu'en été, pour les raisons énoncées ci-dessus. Car pour le traitement, tous ceux qui étaient avec moi étaient bien vêtus, couchés dans de bons lits, bien chauffés et nourris, je veux dire de viandes salées que nous avions, qui à mon sens leur faisaient beaucoup de mal, comme je l'ai déjà dit. Et à ce que j'ai vu, la maladie s'attaque aussi bien à celui qui se tient délicatement[1], et qui aura bien soin de lui, qu'à celui qui sera le plus misérable. Nous croyions au commencement que seuls les travailleurs étaient pris de ces maladies, mais nous avons constaté le contraire. Ceux qui naviguent aux Indes orientales[2] et en plusieurs autres régions, comme vers l'Allemagne et l'Angleterre, en sont aussi bien frappés qu'en la Nouvelle France. Depuis quelque temps, les Flamands, qui en étaient atteints lors de leurs voyages aux Indes, ont trouvé un remède fort singulier contre cette maladie, qui pourrait bien nous servir, mais nous n'en avons point la connaissance car nous ne nous en étions pas souciés avant le départ. Toutefois, je tiens pour assuré qu'avec du bon pain et des viandes fraîches, on n'y serait point sujet.

Quelques-uns de ceux qui étaient malades du mal de la terre furent guéris le printemps venant : c'est le temps de la guérison. J'avais un sauvage du pays qui hiverna avec moi et qui fut atteint de ce mal pour avoir changé sa nourriture en salée ; il en mourut. Ce qui montre avec évidence que les salaisons ne valent rien, et nous sont tout à fait contraires. Il n'en restait plus que huit sur les vingt-huit que nous étions, et encore la moitié de ceux qui restaient étaient mal en point.

---

1. Qui prend garde à son régime et qui choisit son hygiène de vie.
2. L'Orient.

En juin, Champlain quitte Québec pour Tadoussac où, après en avoir discuté avec Dupont-Gravé récemment arrivé de France, il décide de partir en expédition pour aller découvrir de nouveaux territoires en pays iroquois, accompagné de vingt hommes dans une chaloupe. Des Montagnais les guideront. Ils partent le 18 juin.

Ils remontent la rivière, passent la pointe Sainte-Croix, arrivent à la rivière Sainte-Marie, et rencontrent là les sauvages algoumequins et ochataiguins.

Chapitre 7
Expédition chez les sauvages, où l'on pétune[1]

Je commençai à leur faire entendre l'objet de mon voyage, dont ils furent fort réjouis ; et après plusieurs discours, je me retirai. Et quelque temps après, ils vinrent à ma chaloupe, où ils me firent présent de quelque pelleterie, en me manifestant plusieurs signes de réjouissance, et de là ils s'en retournèrent à terre.

Le lendemain, les deux chefs vinrent me trouver, et ils furent un moment sans dire mot, en méditant et pétunant sans arrêt. Après avoir bien pensé, ils commencèrent à haranguer à voix haute pour tous leurs compagnons, qui étaient sur le bord du rivage avec leurs armes à la main, écoutant fort attentivement ce que leurs chefs leur disaient, à savoir :

_____

1. Le pétun est le premier nom du tabac. Par extension, pétuner sera utilisé pour fumer ; pétunoir pour la pipe qui sert à fumer le pétun.

Qu'il y avait près de dix lunes, ainsi qu'ils comptent, que le fils d'Yroquet m'avait vu, et que je lui avais fait bonne réception, et déclaré que Dupont-Gravé et moi, sous prétexte d'amitié, désirions les assister contre leurs ennemis, avec lesquels ils[1] étaient, depuis longtemps, en guerre, à cause des violences qu'ils avaient exercées contre leur nation. Et qu'ayant toujours depuis désiré la vengeance, ils avaient sollicité tous les sauvages que je voyais sur le bord de la rivière, pour venir à nous, faire alliance avec nous, d'autant que ceux-ci n'avaient jamais vu de chrétiens, ce qui les avait aussi incités à venir nous voir. Et que d'eux et de leurs compagnons, j'en disposerais tout ainsi que je voudrais, et qu'ils n'avaient point d'enfants avec eux, mais des gens qui savaient faire la guerre, pleins de courage, connaissant le pays et les rivières qui sont au pays des Iroquois. Maintenant ils me priaient de retourner en notre habitation, pour leur montrer nos maisons, et trois jours après nous retournerions à la guerre tous ensemble ; pour signe de grande amitié et réjouissance, ils souhaitaient que je fasse tirer des mousquets et arquebuses, et qu'ils seraient ainsi fort satisfaits — ce que je fis. Ils jetèrent de grands cris d'étonnement, principalement ceux qui n'en[2] avaient jamais entendu ni vu.

Après les avoir écoutés, je leur répondis que, s'ils le voulaient, je désirais bien m'en retourner à notre habitation pour leur donner plus de contentement, et qu'ils pouvaient juger que je n'avais aucune autre intention que d'aller faire la guerre, ne portant avec moi que des armes, et non des marchandises pour traiter, comme on le leur avait donné à entendre ; que mon désir n'était que d'accomplir ce que je

---

1. Ce sont toujours les deux chefs dont il était question au début du paragraphe précédent.
2. De ces armes européennes.

leur avais promis. Et si j'apprenais que certains leur avaient
rapporté quelque chose de mal quant à mes intentions, je
tenais ceux-là pour mes ennemis plus encore que les leurs.
Ils me dirent qu'ils en doutaient fort, car ils n'avaient jamais
entendu parler de telles choses — pourtant, c'était le
contraire, car il y avait eu quelques sauvages qui l'avaient
dit aux nôtres. Je me contentai de cette réponse, attendant de pouvoir leur montrer par des faits d'autres choses
qu'ils n'auraient pas cru pouvoir espérer de moi.

Chapitre 8
En chaloupe dans les rapides

Le lendemain, nous partîmes tous ensemble pour rejoindre notre habitation, où ils se réjouirent pendant cinq ou six
jours qui se passèrent en danses et en festins, pour hono-
rer le désir qu'ils avaient que nous allions à la guerre.

*Dupont-Gravé vient de Tadoussac, ils équipent deux barques,
Champlain dans l'une, Dupont-Gravé dans l'autre, et ils décident
de se séparer, Dupont repartant à Tadoussac, Champlain s'en
allant dans sa chaloupe avec neuf hommes, ainsi que des Marais
et le capitaine La Routte (ils sont douze en plus du matériel) pour
accompagner les sauvages. Champlain part ainsi le 3 juin, de
Sainte-Croix vers le lac Saint-Pierre.*

Continuant notre route jusqu'à l'entrée du lac Saint-Pierre,
qui est un pays fort plaisant et uni, nous traversâmes le lac
à deux, trois et quatre brasses d'eau — lequel peut avoir
quelque huit lieues de long et quatre de large. Du côté du
nord, nous vîmes une rivière qui est fort agréable, qui va

dans les terres sur environ vingt lieues, et que j'ai nommée
Sainte-Suzanne. Du côté du sud, il y en a deux, l'une appelée la rivière du Pont, et l'autre de Gennes, elles sont très
belles et sont en beau et bon pays. L'eau est presque dor-
mante dans le lac, qui est fort poissonneux. Du côté du
nord, apparaissent des terres qui montrent quelques reliefs
montagneux à quelque douze ou quinze lieues du lac. Ayant
traversé celui-ci, nous passâmes par un grand nombre d'îles,
de grandeurs variées, où il y a quantité de noyers et de
vignes, et de belles prairies avec force gibier et animaux
sauvages qui vont de la grande terre aux dites îles. La pêche
du poisson y est plus abondante qu'en aucun autre lieu de
la rivière que nous ayons vu. De ces îles, nous arrivâmes à
l'entrée de la rivière des Iroquois, où nous séjournâmes
deux jours de façon à nous ravitailler de bonnes venaisons[1],
oiseaux et poissons que nous donnaient les sauvages. Là, il
se produisit entre eux un différend sur le sujet de la guerre,
ce qui eut pour résultat qu'une partie seulement se décida à
venir avec moi, tandis que les autres s'en retournèrent
dans leur pays avec leurs femmes et les marchandises qu'ils
avaient traitées.

Partant de cette entrée de rivière (qui a quelque quatre
à cinq cents pas de large et qui est fort belle, courant vers
le sud), nous arrivâmes à un lieu distant de vingt-deux ou
vingt-trois lieues des trois rivières, et qui se situe à hauteur de 45 degrés de latitude. Toute cette rivière, depuis
son entrée jusqu'au premier saut, sur quinze lieues, est fort
plate et environnée de bois des mêmes espèces, comme
sont tous les autres lieux déjà nommés. Il y a neuf ou dix
belles îles jusqu'au saut des Iroquois, îles de quelque lieue,
ou lieue et demie, recouvertes de quantité de chênes et de
noyers. La rivière s'étend en certains endroits sur près

---

1. Produit de la chasse.

d'une demi-lieue de large ; elle est très poissonneuse. Nous ne trouvâmes pas moins de quatre pieds de profondeur d'eau. L'entrée du saut forme en quelque manière un lac, où l'eau descend, qui compte presque trois lieues de circonférence, et il y a quelques prairies où n'habite aucun sauvage, à cause des guerres. Au saut, il y a fort peu d'eau, mais elle court à grande vitesse, sur quantité de rochers et de cailloux, ce qui fait que les sauvages ne peuvent pas le remonter par l'eau ; mais, au retour, ils le descendent fort bien. Tout ce pays est fort uni, rempli de forêts, vignes et noyers. Aucun chrétien n'était encore parvenu jusqu'en ce lieu : nous étions les seuls, et nous eûmes beaucoup de mal à remonter la rivière à la rame.

Aussitôt que nous fûmes arrivés au saut, des Marais, la Routte et moi, nous descendîmes à terre avec cinq hommes pour voir si nous pouvions passer ce lieu, et nous fîmes environ une lieue et demie sans voir aucune possibilité apparente, car il y avait uniquement une eau courante d'une grandissime violence, avec d'un côté et de l'autre quantité de pierres qui sont fort dangereuses, avec peu d'eau. Le saut peut compter quelque six cents pas de large. Et voyant qu'il était impossible de couper par les bois et de se frayer un chemin avec le peu d'hommes que j'avais, je me résolus, sur le conseil de tous, de faire autre chose que ce que nous nous étions promis en nous fiant aux sauvages qui m'avaient assuré que les chemins étaient aisés : car nous découvrîmes le contraire, comme je l'ai dit ci-dessus, ce qui nous obligea à retourner à notre chaloupe, où j'avais laissé quelques hommes afin de la garder et de faire savoir aux sauvages quand ils seraient arrivés que nous étions allés en reconnaissance le long dudit saut.

Après avoir vu ce que nous souhaitions savoir de ce lieu, en nous en retournant, nous rencontrâmes quelques sauvages qui venaient pour savoir comment nous avions fait, et qui nous dirent que tous leurs compagnons étaient arrivés à notre chaloupe ; nous les y trouvâmes très contents et satisfaits de voir que nous allions ainsi sans guide, en suivant uniquement les indications qu'ils nous avaient plusieurs fois rapportées.

Une fois de retour, forcé de reconnaître qu'il n'était pas raisonnablement envisageable de passer le saut avec notre chaloupe, je fus affligé ; cela me donna beaucoup de déplaisir de m'en retourner sans avoir vu le grandissime lac rempli de belles îles et la quantité de beaux pays qui bordent le lac, où habitent leurs ennemis, comme ils me l'avaient peint dans leurs récits. Après avoir bien réfléchi, je résolus d'y aller malgré tout pour accomplir ma promesse, et pour le désir que j'en avais. Je m'embarquai alors avec les sauvages dans leurs canots, et pris avec moi deux hommes de bonne volonté. Ayant exposé mon dessein à des Marais et aux autres de la chaloupe, je priai ledit des Marais de s'en retourner en notre habitation avec le reste de nos gens, dans l'espérance que sous peu, avec la grâce de Dieu, je les reverrais.

Aussitôt, j'allai parler avec les chefs des sauvages et je leur fis savoir qu'ils nous avaient dit le contraire de ce que j'avais vu au saut : il était en fait impossible d'y pouvoir passer avec la chaloupe. Toutefois, cela ne m'empêcherait pas de les assister comme je le leur avais promis. Cette nouvelle les attrista fort et ils voulurent prendre une autre résolution. Mais je leur dis, et les y exhortai, qu'ils avaient à poursuivre leur dessein premier, et que moi, avec deux hommes, je m'en irais à la guerre avec eux dans leurs canots pour leur montrer que, quant à moi, je ne voulais pas manquer à ma parole à leur égard — et ce, bien que je fusse seul, parce qu'en l'occurrence je ne voulais forcer aucun de mes compagnons à s'embarquer, sinon ceux qui en auraient la volonté ; j'en avais trouvé deux, que je mènerais avec moi.

Ils furent fort contents de ce que je leur dis, et d'entendre la résolution que j'avais, me promettant toujours de me faire voir de belles choses.

Chapitre 9

Deux coups d'arquebuse au lac « de Champlain »

Je partis donc dudit saut de la rivière des Iroquois le 2 juillet. Tous les sauvages commencèrent à porter leurs canots, armes et bagages, sur environ une demi-lieue par voie de terre, pour passer l'impétuosité et la force du saut, et cela fut promptement fait.

Aussitôt, ils mirent tous les canots à l'eau, deux hommes dans chacun avec leur bagage, et firent aller un des hommes de chaque canot à terre le long des quelque trois lieues que peut compter ce saut qui n'est pas aussi impétueux qu'en son entrée, si ce n'est en quelques endroits de rochers qui barrent la rivière, là où elle est d'une largeur comprise entre trois cents et quatre cents pas. Après que nous eûmes passé le saut, non sans peine, tous les sauvages qui étaient allés par la terre, par un chemin assez beau et un pays uni à l'exception de quantité de bois, embarquèrent de nouveau dans leurs canots. Les hommes que j'avais allèrent aussi par la terre, et moi par l'eau dans un canot. Ils passèrent en revue tous leurs gens, et il se trouva vingt-quatre canots, où il y avait soixante hommes. Après cette revue, nous continuâmes le chemin jusqu'à une île qui fait trois lieues de long, recouverte des plus beaux pins que j'eusse jamais vus. Ils allèrent à la chasse et y prirent quelques bêtes sauvages. Avançant encore d'environ trois lieues,

nous décidâmes de nous arrêter pour loger[1] et prendre
notre repos la nuit suivante.

Aussitôt chacun d'eux commença, l'un à couper du bois,
d'autres à prendre des écorces d'arbres pour couvrir leurs
cabanes et se protéger, d'autres encore à abattre de gros
arbres pour se barricader sur le bord de la rivière autour
de leurs cabanes. Ils savent si habilement faire tout cela que,
moins de deux heures plus tard, cinq cents de leurs ennemis auraient eu bien de la peine à les attaquer, et encore
auraient-ils subi des pertes importantes. Ils ne barricadent
point le côté de la rivière où sont rangés leurs canots, pour
pouvoir embarquer si les circonstances l'exigent. Après
qu'ils furent logés, ils envoyèrent trois canots avec neuf
hommes solides, comme le veut leur coutume, à tous leurs
logements, pour partir en reconnaissance sur deux à trois
lieues et voir s'il n'y avait rien à craindre ; ceux-ci ensuite
revinrent. Pendant la nuit, ils s'en tiennent à cette exploration faite par les avant-coureurs[2], ce qui est une très mauvaise coutume chez eux. Car, quelquefois, ils sont surpris
dans leur sommeil par leurs ennemis qui les assomment
sans qu'ils aient le temps de se mettre sur pied pour se
défendre. Comprenant cela, je leur montrai la faute qu'ils
commettaient, leur disant qu'ils devaient veiller, comme ils
nous avaient vus faire toutes les nuits, et avoir des hommes
aux aguets pour écouter et voir s'ils n'apercevaient rien,
mais ne point vivre de cette façon comme des bêtes. Ils
me dirent qu'ils ne pouvaient veiller, parce qu'ils travaillaient
beaucoup pendant le jour à la chasse ; d'autant plus que
quand ils vont en guerre, ils divisent leur troupe en trois.
Une partie pour la chasse répartie en plusieurs endroits,

1. Le terme est utilisé dans le sens de camper. Champlain emploie,
de la même façon, le mot logement pour désigner un campement.
2. Ce sont les éclaireurs dont il vient d'être question.

une autre pour constituer le gros de la troupe, qui est toujours en armes, et la dernière partie en avant-coureurs, chargés de découvrir le long des rivières s'ils ne voient point quelque marque ou signe de passage de leurs ennemis ou de leurs amis — amis ou ennemis se reconnaissent selon des marques que les chefs se donnent d'une nation[1] à l'autre, et qui ne sont pas toujours les mêmes, si bien qu'ils s'avertissent les uns les autres quand ils en changent. Les chasseurs ne chassent jamais en avant du gros de la troupe pour éviter de donner l'alarme ou le désordre, mais uniquement à l'arrière et du côté où ils ne craignent pas de voir arriver leurs ennemis. Et ils continuent ainsi jusqu'à ce qu'ils soient à deux ou trois journées de leurs ennemis : alors ils avancent de nuit, à la dérobée, tous ensemble hormis les coureurs, et le jour, ils se retirent au plus profond des bois, où ils se reposent sans s'égarer ni produire aucun bruit ni faire aucun feu, afin de n'être pas repérés, si par hasard leurs ennemis passaient. Ils ne font pas même de feu pour leurs repas pendant ces moments, ils n'en font que pour pétuner, c'est-à-dire presque pas. Ils mangent de la farine de blé d'Inde cuite, qu'ils détrempent avec de l'eau, comme de la bouillie. Ils conservent ces farines pour ces nécessités où ils ne peuvent se permettre de chasser pour se nourrir : quand ils sont proches de leurs ennemis, ou quand ils se replient après avoir attaqué et qu'ils se mettent promptement à couvert.

À chaque campement, ils ont leur Pillotois ou Ostemoy (ce sont des sortes de gens qui font les devins et en qui ces peuples croient), lequel fait une cabane entourée de petits bois et la couvre de sa robe. Après sa construction, il se met dedans de sorte qu'on ne le voie en aucune façon, puis il prend un des piliers de sa cabane et la secoue, marmottant certaines

---

1. Au sens de tribu.

paroles entre ses dents, par lesquelles il dit qu'il invoque le diable, et qu'il lui apparaît sous la forme d'une pierre ; il lui demande s'ils trouveront leurs ennemis et s'ils en tueront beaucoup. Ce Pillotois est prosterné en terre, sans remuer, ne faisant que parler au diable, et puis soudain il se lève sur ses pieds, en parlant et se tourmentant tellement qu'il est tout en sueur bien qu'il soit nu. Tous les gens du peuple sont autour de la cabane, assis sur leur cul comme des singes. Ils me disaient souvent que les secousses que je voyais sur la cabane, c'était le diable qui les produisait, et non celui qui était dedans, bien que je visse le contraire : car c'était, comme je l'ai dit ci-dessus, le Pilotois qui prenait un des bâtons de sa cabane et la faisait ainsi mouvoir. Ils me dirent aussi que je verrais sortir du feu par le haut, ce que je ne vis point. Ces drôles déguisent aussi leur voix afin qu'elle soit haute et claire, parlant en langage inconnu aux autres sauvages. Et quand ils font entendre leur voix ainsi cassée, chacun croit que c'est le diable qui parle, et qui dit ce qui doit arriver pendant leur guerre et ce qu'il faut qu'ils fassent.

Néanmoins, tous ces garnements qui font les devins, parmi les cent paroles qu'ils prononcent, pas deux ne sont véritables, et ils vont trompant ces pauvres gens, comme tant d'autres de par le monde qui tirent profit du peuple, ainsi que le font ces galants. Je leur expliquai à plusieurs reprises que tout ce qu'ils faisaient n'était que folie, et qu'ils ne devaient pas y ajouter foi.

Or, après qu'ils ont appris de leurs devins ce qui doit leur arriver, les chefs prennent des bâtons de la longueur d'un pied, pour chacun, et signalent les chefs par d'autres bâtons un peu plus grands. Puis ils vont dans le bois et aplanissent une surface de cinq à six pieds en carré, où le chef, comme un sergent-major, range tous ces bâtons dans un certain ordre, comme bon lui semble. Puis il appelle tous ses compagnons, qui viennent tous armés, et il leur montre le rang et l'ordre qu'ils devront tenir lorsqu'ils se battront avec leurs ennemis, ce que tous ces sauvages regardent attentivement, afin de garder en mémoire la figure que leur chef a faite avec ces bâtons. Ensuite, ils se retirent, et reviennent se mettre en ordre, selon la position qu'ils ont vue aux bâtons. Puis ils se mêlent les uns parmi les autres, et retournent derechef en leur ordre, recommençant deux ou trois fois, regagnant tous leur place sans qu'il soit besoin de sergent pour leur faire tenir leurs rangs, qu'ils savent fort bien garder sans se mettre en confusion. Voilà la règle qu'ils observent pour leur guerre.

Nous partîmes le lendemain, continuant notre chemin dans la rivière jusqu'à l'entrée du lac. Dans celle-ci, il y a nombre de belles îles, basses, remplies de très beaux bois et de belles prairies, où il y a quantité de gibier et d'animaux à chasser comme des cerfs, des daims, des faons, des chevreuils, des ours, et d'autres sortes d'animaux qui viennent de la grande terre jusqu'aux dites îles. Nous en prîmes en quantité. Il y a aussi un grand nombre de castors, tant dans la rivière qu'en plusieurs autres rivières plus petites qui viennent s'y jeter. Bien qu'ils soient plaisants, ces lieux ne sont habités d'aucun sauvage ; à cause des guerres, ils se tiennent le plus possible à l'écart des rivières pour se retirer au profond des terres, afin de n'être pas trop facilement surpris.

Le lendemain, nous entrâmes dans le lac, qui est d'une grande étendue, comme de quatre-vingts ou cent lieues[1] ; j'y vis quatre belles îles, s'étendant sur dix, douze et quinze lieues de long[2], qui autrefois avaient été habitées par les sau-

---

1. Il était sans doute difficile de se faire, à première vue, une idée exacte des dimensions d'un lac aussi étendu que celui de Champlain. Aussi l'auteur lui donne-t-il presque trois fois la longueur qu'il a réellement.

2. Ces quatre îles sont certainement celles de Contrecœur (l'île Longue et la Grande-Île), l'île La Motte, et celle de Valcour. Elles aussi sont légèrement plus petites que ne l'a cru notre auteur.

vages, tout comme la rivière des Iroquois. Mais elles ont été abandonnées depuis qu'ils se sont fait la guerre. Il y a aussi plusieurs rivières qui viennent se jeter dans le lac, environnées d'un grand nombre de beaux arbres, d'espèces semblables à celles que nous avons en France, avec force vignes plus belles qu'en aucun autre lieu que j'avais vu ; des châtaigniers en grand nombre, et je n'en avais encore point vu ailleurs que sur le bord de ce lac, dans lequel il y a grande abondance de poissons de plusieurs espèces. Entre autres, il y en a un, appelé par les sauvages « chaousarou », qui peut être de plusieurs tailles, mais les plus grands font, à ce que m'ont dit ces peuples, huit à dix pieds. J'en ai vu qui en faisaient cinq, de la grosseur de la cuisse, et avaient la tête grosse comme les deux poings, avec un bec de deux pieds et demi de long, et un double rang de dents fort aiguës et dangereuses. La forme de son corps ressemble au brochet, mais il est armé d'écailles si fortes qu'un coup de poignard ne les pourrait percer ; il est de couleur gris argenté. Il a aussi l'extrémité du bec comme un cochon. Il fait la guerre à tous les autres qui sont dans ces lacs et rivières, et a une ruse merveilleuse, à ce que m'ont assuré ces peuples, à savoir : quand il veut prendre quelques oiseaux, il va dans les joncs ou les roseaux qui sont sur les rives du lac en plusieurs endroits, et reste immobile en mettant le bec hors de l'eau. De cette façon, lorsque les oiseaux viennent se reposer sur ce bec, pensant que c'est un tronc de bois, il est si adroit que, serrant le bec qu'il tient entrouvert, il les tire par les pattes, sous l'eau. Les sauvages m'en donnèrent une tête[1], dont ils font grand cas, disant que

---

1. C'est cette même tête que Champlain offrira au roi à son retour (voir la fin du présent voyage). La description qui figure ici permet de comprendre pourquoi il juge bon d'en faire don au souverain : c'est une véritable curiosité, aussi bien pour l'œil de l'Européen que pour les sauvages, qui lui attribuent des vertus guérisseuses. Ce chaousarou est suffisamment mémorable pour avoir été également représenté sur la carte que livre Champlain à la suite de son voyage d'exploration.

lorsqu'ils ont mal à la tête, ils se saignent avec les dents de ce poisson à l'endroit de la douleur, qui passe soudain.

Le soir étant venu, nous nous embarquâmes en nos canots pour poursuivre notre chemin, et alors que nous allions fort doucement, et sans faire de bruit, le 29 du mois, nous fîmes la rencontre des Iroquois vers les dix heures du soir au bout d'un cap qui avance dans le lac du côté de l'occident : ils venaient à la guerre. Eux et nous commençâmes à jeter de grands cris, chacun se parant de ses armes. Nous nous retirâmes vers l'eau. Les Iroquois mirent pied à terre et disposèrent tous leurs canots les uns contre les autres. Ils commencèrent à abattre du bois avec ces méchantes haches qu'ils gagnent quelquefois à la guerre[1], et avec d'autres de pierre, et se barricadèrent fort bien.

Les nôtres aussi tinrent toute la nuit leurs canots disposés les uns contre les autres, attachés à des perches pour ne pas dériver, et combattre tous ensemble s'il en était besoin ; et du côté de leurs barricades nous étions à portée de flèche. Quand ils furent armés et mis en ordre, ils envoyèrent deux canots en avant de la troupe, pour savoir si leurs ennemis voulaient combattre. Ceux-ci répondirent qu'ils ne désiraient rien d'autre, mais que pour l'heure l'obscurité étant trop grande, il fallait attendre le jour pour y voir clair ; qu'aussitôt que le soleil se lèverait, ils nous combattraient, ce qui fut accordé par les nôtres. Et en attendant, toute la nuit se passa en danses et chansons, tant d'un côté que de l'autre, avec une infinité d'injures et d'autres propos — comme le peu de courage qu'ils avaient, le peu de résistance qu'ils auraient contre leurs armes, et que le jour venant ils sentiraient leur ruine. Les nôtres ne manquaient pas de repartie non plus, leur disant qu'ils verraient des effets d'armes que jamais ils n'avaient vus, et

---

1. Des haches de fer, gagnées au contact des Européens.

tout plein d'autres discours auxquels on est accoutumé quand on assiège une ville. Après avoir bien chanté, dansé et parlementé les uns avec les autres, le jour venu, mes compagnons et moi étions toujours à couvert, de peur que les ennemis ne nous voient, préparant nos armes du mieux qu'il nous était possible, étant toutefois séparés, chacun dans l'un des canots des sauvages montagnais. Après nous être munis d'armes légères, nous prîmes chacun une arquebuse et descendîmes à terre. Je vis sortir les ennemis de leurs barricades : ils étaient près de deux cents hommes, forts et robustes, qui venaient à petites foulées au-devant de nous, avec une gravité et une assurance qui me contentèrent fort ; à leur tête, il y avait trois chefs. Les nôtres aussi allaient en même ordre et me dirent que ceux qui avaient trois grands pennaches[1] étaient les chefs, qu'il n'y avait que ces trois chefs-là, et qu'on les reconnaissait à ces plumes qui étaient beaucoup plus grandes que celles de leurs compagnons ; il fallait que je fasse ce que je pouvais pour les tuer. Je leur promis de faire ce qui serait en ma puissance, et leur dis que j'étais bien ennuyé qu'ils ne puissent pas m'entendre[2] pour leur donner l'ordre et la façon d'attaquer leurs ennemis, mais qu'il n'y avait pas moyen de faire autrement et qu'indubitablement nous les déferions tous. J'ajoutai que j'étais très heureux de leur montrer mon courage et toute ma bonne volonté quand nous serions au combat.

Aussitôt que nous fûmes à terre, ils commencèrent à courir quelque deux cents pas vers leurs ennemis qui les attendaient de pied ferme et n'avaient pas encore aperçu mes compagnons qui s'étaient retirés dans le bois avec quelques sauvages. Les nôtres commencèrent à m'appeler à grands cris et, pour me laisser passer, la troupe s'ouvrit

---

1. Ce sont des panaches de plumes.
2. Il sera trop loin.

en deux ; je me mis à leur tête, marchant environ vingt pas devant, jusqu'à ce que je sois à environ trente pas des ennemis : à ce moment, ils m'aperçurent soudain et firent halte en me contemplant. Je fis de même. Lorsque je les vis se mettre en mouvement pour tirer sur nous, je couchai mon arquebuse, la mis en joue, et visai droit sur l'un des trois chefs : de ce coup, il en tomba deux par terre, et un de leurs compagnons fut blessé, qui quelque temps après en mourut. J'avais mis quatre balles dans mon arquebuse. Lorsque les nôtres virent ce coup si favorable pour eux, ils commencèrent à jeter de si grands cris qu'on n'eût pas entendu le tonnerre ; et pendant ce temps, les flèches ne manquaient pas, d'un côté comme de l'autre. Les Iroquois furent fort étonnés que deux hommes aient pu être tués si promptement, alors qu'ils étaient protégés d'armes[1] tissées de fil de coton et de bois à l'épreuve de leurs flèches. Cela leur causa une grande appréhension. Comme je rechargeais, l'un de mes compagnons tira un coup depuis l'intérieur du bois, ce qui les étonna derechef de telle façon que, voyant leurs chefs morts, ils perdirent courage et se mirent à fuir ; ils abandonnèrent le champ et leur place forte, s'enfuyant au plus profond du bois, où j'en défis encore d'autres en les poursuivant. Nos sauvages en tuèrent aussi plusieurs, et en prirent dix ou douze pour les faire prisonniers. Le reste se sauva avec les blessés. Il y eut chez les nôtres quinze ou seize blessés de coups de flèches, qui guérirent rapidement.

Après avoir remporté la victoire, ils s'amusèrent à prendre force blé d'Inde, et les farines des ennemis, et leurs armes, qu'ils avaient abandonnées pour mieux courir. Après avoir fait bonne chère, dansé et chanté, nous nous en retournâmes trois heures plus tard avec les prisonniers.

---

1. Boucliers ou vêtements, appelés armes parce que considérés comme armes défensives.

Ce lieu où se fit cette charge est par les 43 degrés et quelques minutes de latitude, et fut nommé le lac de Champlain.

Chapitre 10
Cruautés infligées aux prisonniers

Après avoir fait quelque huit lieues, sur le soir, ils prirent l'un des prisonniers, à qui ils reprochèrent en une vive harangue les cruautés que lui et les siens avaient exercées, sans ménagement, à leur endroit. Ils lui expliquèrent qu'il devait se résoudre à en recevoir autant, et ils lui commandèrent de chanter s'il avait du courage, ce qu'il fit mais avec un chant fort triste à entendre.

Pendant ce temps, les nôtres allumèrent un feu, et quand il fut bien embrasé, ils prirent chacun un tison, et ils faisaient brûler ce pauvre misérable peu à peu pour lui faire souffrir plus de tourments. Ils cessaient quelquefois, lui jetaient de l'eau sur le dos. Puis ils lui arrachèrent les ongles, et lui mirent du feu sur les extrémités des doigts, et de son membre[1]. Après, ils lui écorchèrent le haut de la tête, et lui firent goutter dessus une certaine gomme toute chaude ; puis ils lui percèrent les bras près des poignets, et avec des bâtons, ils tiraient les nerfs et les arrachaient en force ; et quand ils voyaient qu'ils ne les pouvaient avoir, ils les coupaient. Ce pauvre misérable jetait des cris étranges, et le voir traiter de cette façon me faisait pitié ; cependant, il gardait une telle fermeté qu'on eût dit quelquefois qu'il ne sentait presque point le mal. Ils m'exhortaient à prendre du feu pour faire comme eux. Je leur objectai que nous

_____
1. Son membre viril.

n'avions pas l'habitude de pratiquer ce genre de cruautés, que nous les faisions mourir tout d'un coup, et que s'ils voulaient bien que je lui donne un coup d'arquebuse, j'en serais content. Ils dirent que non, parce qu'il ne sentirait point le mal. Je m'écartai d'eux, comme fâché de voir tant de cruautés exercées sur ce corps. Comme ils virent que je n'en étais pas content, ils m'appelèrent et me dirent de lui donner un coup d'arquebuse ; ce que je fis sans qu'il en vît rien, et lui fis passer tous les tourments qu'il devait souffrir d'un coup, plutôt que de le voir tyrannisé. Après qu'il fut mort, ils ne se contentèrent pas de cela, ils lui ouvrirent le ventre et jetèrent ses entrailles dans le lac ; après ils lui coupèrent la tête, les bras et les jambes, qu'ils séparèrent d'un côté et de l'autre, et réservèrent la peau de la tête, qu'ils avaient écorchée, comme ils l'avaient fait pour tous les autres qu'ils avaient tués lors de la charge. Ils firent encore une méchanceté : ils lui prirent son cœur, qu'ils coupèrent en plusieurs pièces, puis qu'ils donnèrent à manger à l'un de ses frères et à d'autres de ses compagnons qui étaient prisonniers. Ceux-ci les prirent et les mirent dans leur bouche, mais ils ne les voulurent avaler ; quelques sauvages algoumequins qui les avaient en garde firent recracher à certains et jetèrent les morceaux dans l'eau. Voilà comment ces peuples se comportent à l'égard de ceux qu'ils capturent pendant la guerre : mieux vaudrait pour eux mourir en combattant ou se faire tuer dans le feu de l'action, comme le font beaucoup, plutôt que de tomber entre les mains de leurs ennemis. Après cette exécution, nous nous mîmes en chemin pour nous en retourner avec le reste des prisonniers, qui allaient toujours chantant, sans autre espérance que le sort de celui qui avait été ainsi maltraité. Au saut de la rivière des Iroquois, les Algoumequins s'en retournèrent en leur pays, tout comme les Ochateguins avec une partie des prisonniers, très contents de ce qui s'était passé pendant la guerre, et de ce que j'avais eu la volonté d'aller avec eux. Nous nous séparâmes donc comme cela, avec de grandes démonstrations d'amitié, les uns et les autres, et ils me demandèrent si je désirais toujours aller en leur pays pour les assister comme des frères, ce que je leur promis.

Je m'en revins avec les Montagnais. Après m'être informé des prisonniers de leur pays, et du nombre qu'ils pouvaient être, nous pliâmes bagage pour nous en revenir, ce qui fut fait avec une telle diligence[1] que chaque jour nous faisions vingt-cinq ou trente lieues dans leurs canots, ce qui est une distance honnête. Quand nous fûmes à l'entrée de la rivière des Iroquois, il y eut quelques sauvages qui virent en songe que leurs ennemis les poursuivaient : ce songe leur fit aussitôt lever le siège, encore que cette nuit fût fort mauvaise à cause des vents et de la pluie qu'il faisait. Et ils allèrent passer la nuit jusqu'au lendemain dans de grands roseaux qui sont dans le lac Saint-Pierre, à cause de la crainte qu'ils avaient de leurs ennemis. Deux jours après, nous arrivâmes à notre habitation, où je leur fis donner du pain et quelques pois, et des patenôtres[2] qu'ils me demandèrent pour parer la tête de leurs ennemis, afin de les porter pour les réjouissances qu'ils feraient à leur arrivée. Le lendemain, j'allai avec eux dans leurs canots à Tadoussac pour voir leurs cérémonies. Approchant de la terre, ils prirent chacun un bâton, au bout duquel ils suspendirent les têtes de leurs ennemis avec quelques patenôtres, et le tout en chantant. Et quand tout cela fut prêt,

---

1. En s'appliquant à ne pas perdre de temps en chemin. Ils mettent tout leur soin à parcourir, chaque jour, la distance ordinaire que leur permettent leurs embarcations. Champlain explique ainsi que le retour se fait par la voie la plus directe, sans détours pour visiter le pays.
2. Les patenôtres sont des colliers de perles.

les femmes se déshabillèrent pour se mettre toutes nues et se jetèrent à l'eau, allant au-devant des canots pour prendre les têtes de leurs ennemis qui étaient au bout de longs bâtons à l'avant des bateaux, pour ensuite les suspendre à leur cou comme si c'eût été quelque chaîne précieuse, et ainsi chanter et danser. Quelques jours après, ils me firent présents d'une de ces têtes, comme d'une chose bien précieuse, et d'une paire d'armes de leurs ennemis, pour que je les conserve afin de les montrer au roi, ce que je leur promis pour leur faire plaisir.

Chapitre 11

Une ceinture en poils de porc-épic

Nous arrivâmes à Honfleur le 13 octobre. Ayant débarqué, je ne restai pas longtemps avant de prendre la poste[1] pour aller trouver le sieur de Monts, qui était alors à Fontainebleau où séjournait Sa Majesté, et je lui racontai avec force détails tout ce qui s'était passé : mon hivernage, les nouvelles découvertes et les perspectives touchant les promesses des sauvages appelés Ochateguins, qui sont de bons Iroquois. Les autres Iroquois, leurs ennemis, vivent plus au sud. Tous se comprennent, et leur langage ne diffère guère, même pour les peuples nouvellement découverts, et qui nous étaient restés inconnus jusqu'à présent[2].

---

1. Se faire conduire par une voiture à cheval.
2. Cette remarque insiste sur le fait que l'optimisme est de mise : d'un point de vue pratique, les langues amérindiennes se ressemblent toutes, aussi l'Européen pourra-t-il facilement communiquer avec tous les peuples qu'il rencontrera, même s'il les voit pour la première fois, à condition de connaître les rudiments et les invariants de ces langues.

Aussitôt après, j'allai trouver Sa Majesté, à qui je fis le récit de mon voyage, ce à quoi elle prit plaisir et contentement.

J'avais une ceinture faite de poils de porc-épic, qui était fort bien tissée, à la façon du pays, et qui procura beaucoup d'agrément à Sa Majesté, ainsi que deux petits oiseaux gros comme des merles, qui étaient incarnats[1], et aussi la tête d'un certain poisson, pris dans le grand lac des Iroquois, qui avait un bec très long avec deux ou trois rangées de dents fort aiguës. La figure de ce poisson est dans le grand lac de ma carte géographique[2].

Ayant ainsi fait avec Sa Majesté, le sieur de Monts délibéra d'aller à Rouen trouver ses associés les sieurs Collier et le Gendre, marchands de Rouen, pour aviser de ce qu'ils avaient à faire l'année suivante. Ils résolurent de continuer l'installation de l'habitation, et d'achever de découvrir l'intérieur du grand fleuve Saint-Laurent, suivant les promesses des Ochateguins, charge à nous de les assister en leurs guerres comme nous le leur avions promis.

1. Couleur rouge profond. L'oiseau dont il s'agit serait, d'après la description, un *Pyranga rubra*.

2. Champlain évoque ici la grande carte de 1612 dont nous faisons état ci-après dans « Champlain et son temps ».

TROISIÈME VOYAGE, 1611

Chapitre I
Pris au piège des glaces

Nous partîmes d'Honfleur le premier jour de mars, avec un vent favorable jusqu'au 8 du mois, et ensuite nous fûmes contrariés par le vent de sud-sud-ouest et ouest-nord-ouest qui nous fit aller jusqu'à la hauteur de 42 degrés de latitude, sans pouvoir nous orienter vers le sud, pour nous mettre sur le droit chemin de notre route. Après avoir donc subi plusieurs coups de vent et avoir été contrariés par le mauvais temps, avoir néanmoins encore connu de grandes peines et difficultés à force de tenir d'un bord à l'autre, nous fîmes en sorte d'arriver à environ quatre-vingts lieues du grand banc où se fait la pêche du poisson vert[1]. Là, nous rencontrâmes des glaces de plus de trente à quarante brasses de haut, ce qui nous fit bien réfléchir à ce que nous devions faire : nous craignions d'en rencontrer d'autres la nuit et d'être poussés contre elles si le vent venait à changer, et nous jugions bien aussi que ce ne serait pas les dernières, car nous étions partis de trop bonne heure de France.

---

1. C'est le nom que l'on donne à la morue.

Alors que nous avions donc navigué tout au long de ce même jour à basse voile — le plus près du vent que nous le pouvions —, la nuit venue, il se leva une brume si épaisse et si obscure qu'à peine pouvions-nous voir la longueur du vaisseau. Environ sur les onze heures de la nuit, les matelots avisèrent d'autres glaces qui nous donnèrent de l'appréhension, mais enfin la diligence[1] des mariniers fut telle que nous les évitâmes. Alors que nous pensions avoir passé les dangers, nous vînmes à rencontrer une autre glace devant notre vaisseau, que les matelots aperçurent si tard que nous étions presque portés dessus. Et comme chacun se recommandait à Dieu, ne pensant jamais pouvoir éviter cette glace qui était sous notre beaupré[2], l'on criait à celui qui tenait le gouvernail qu'il fît porter[3]. En effet, cette glace, qui était fort grande, dérivait au vent de telle façon qu'elle passa contre le bord de notre vaisseau, qui s'arrêta net, comme s'il n'avait pas bougé pour la laisser passer sans oser l'endommager. Et bien que nous fussions hors de danger, le sang de chacun n'en fut pas aisément apaisé, vu la frayeur que nous avions eue. Nous louâmes Dieu de nous avoir délivré de ce péril. Après avoir passé celui-là, cette même nuit, nous en passâmes deux ou trois autres, non moins dangereux que les premiers, avec une brume pluvieuse et froide au possible, à tel point que l'on ne pouvait presque pas se réchauffer. Le lendemain, continuant notre route, nous rencontrâmes plusieurs autres glaces, grandes et fort hautes, qui, de loin, ressemblaient à des îles, et que nous évitâmes toutes jusqu'à ce que nous soyons arrivés sur ledit grand banc, où nous fûmes très contrariés par le mauvais temps pendant six jours. Et le vent venant à être

---

1. L'empressement, l'ardeur et le soin mis à la manœuvre.
2. Mât incliné vers l'avant, placé à l'avant du navire.
3. Faire porter signifie suivre sa route, maintenir le cap, sans se déporter.

un peu plus doux et assez favorable, nous débarquâmes à la hauteur de 44 degrés et demi de latitude, ce qui fut le plus au sud où nous pûmes aller. Après avoir fait environ soixante lieues à l'ouest-nord-ouest, nous aperçûmes un vaisseau qui venait à notre rencontre, et puis qui se déporta à l'est-nord-est, pour éviter un grand banc de glace occupant toute l'étendue de ce que pouvait contenir notre vue. Et jugeant qu'il pouvait y avoir un passage par le milieu de ce grand banc, qui était séparé en deux, nous entrâmes dedans pour poursuivre au plus près notre route et y fîmes à peu près dix lieues sans voir rien d'autre que ce beau passage jusqu'au soir. Alors, nous trouvâmes ledit banc refermé, ce qui nous donna bien à réfléchir à ce que nous devions faire, tandis que la nuit venait ; l'absence de lune nous ôtait tout moyen de pouvoir retourner d'où nous étions venus. Néanmoins, après avoir bien réfléchi, il fut décidé de rechercher notre entrée, ce que nous nous mîmes en devoir de faire. Mais la nuit venant, avec brumes, pluie et neiges, et un vent si impétueux que nous ne pouvions presque pas laisser notre grand papefi[1], tout cela nous ôta toute connaissance de notre chemin. Car comme nous croyions éviter lesdites glaces pour passer, le vent avait déjà fermé le passage, de sorte que nous fûmes contraints de retourner à l'autre bord. Et nous n'avions pas la possibilité d'être amurés un quart d'heure sur un bord sans devoir ramurer[2] sur l'autre, afin d'éviter mille glaces qui étaient

---

1. Terme de marine désignant la petite voile triangulaire tendue à l'avant du navire.
2. L'amure est un terme ancien de marine qui se rapporte au cordage permettant d'attacher la pointe de la voile sur le pont. Amurer signifie donc fixer la voile par l'un de ses angles, nous dirions aujourd'hui la « border » avec une écoute, afin qu'elle prenne le vent. Pour éviter les glaces, les marins doivent serpenter autour d'elles, ce qui les oblige à changer sans cesse de cap, ils n'ont donc pas le loisir

de tous côtés. Et, plus de vingt fois, nous avons pensé ne pas
en sortir avec la vie sauve. Toute la nuit se passa en peines
et travaux, et jamais le quart[1] ne fut mieux assuré, car personne n'avait envie de se reposer, mais tous voulaient bien
plutôt s'évertuer à sortir des glaces et périls. Le froid était
si grand que tous les manœuvres[2] du vaisseau étaient tout à
fait gelés et pleins de gros glaçons, au point que l'on ne pouvait ni manœuvrer ni se tenir sur le tillac[3]. Après donc avoir
bien couru d'un côté et de l'autre, nous attendions le jour
et avec lui quelque espérance, mais ce dernier s'étant levé
avec une brume, nous vîmes que le travail et la fatigue
seraient inutiles : nous résolûmes d'aller jusqu'à un banc de
glace où nous pourrions être à l'abri du grand vent qu'il faisait et amener tout en bas[4], puis nous laisser dériver
comme les glaces. Quand nous nous en serions un peu éloignés, nous pourrions alors remettre la voile pour aller
retrouver ledit banc et faire comme auparavant : attendre
que la brume fût passée, pour pouvoir sortir aussi vite que
nous le pourrions. Nous allâmes ainsi tout le jour jusqu'au
lendemain matin. Là, nous mîmes à la voile, allant tantôt d'un
côté et de l'autre, et en tous les endroits où nous allâmes,
nous nous trouvâmes enfermés dans de grands bancs de
glace, comme dans des étangs qui seraient en terre. Le soir,
nous aperçûmes un vaisseau, qui était de l'autre côté des
bancs de glace, et qui, je l'assure, n'était pas moins en

---

de garder fixée une voile lorsqu'ils l'attachent, il faut aussitôt après
virer de bord et « ramurer » (border de nouveau) la voile sur l'autre
bord.

1. Période de veille dont les membres d'équipage se chargent à
tour de rôle pendant la nuit pour vérifier qu'il n'arrive rien de
fâcheux au navire.

2. Dans le vocabulaire maritime, les manœuvres sont les cordages
qui servent à manier les voiles. Le mot est masculin.

3. Terme ancien de marine, désigne le pont du navire.

4. La manœuvre décrite consiste à abaisser toute la voilure (affaler les voiles) pour ne donner aucune prise au vent.

peine que nous ; nous fûmes quatre ou cinq jours confrontés à ce péril en d'extrêmes difficultés, jusqu'à ce qu'un matin, jetant la vue de tous côtés, nous aperçûmes comme seul passage possible un endroit où la glace semblait moins épaisse, de sorte que nous pourrions la franchir facilement. Nous nous mîmes en devoir de le faire et croisâmes quantité de bourguignons[1] qui sont des morceaux de glace séparés des grands bancs par la violence des vents. Étant parvenus au banc de glace, les matelots commencèrent à s'armer de grands avirons, et d'autres pièces de bois, pour repousser les bourguignons que nous pourrions rencontrer, et ainsi nous passâmes le banc. Cela ne se fit pas sans aborder des morceaux de glace qui ne firent nul bien à notre vaisseau, sans nous faire toutefois de dommages susceptibles de nous nuire. Étant sortis, nous louâmes Dieu de nous avoir délivrés. Continuant notre route le lendemain, nous en rencontrâmes d'autres, et nous nous engageâmes dedans de telle façon que nous nous trouvâmes environnés de tous côtés, hormis celui d'où nous étions venus, ce qui nous obligea à retourner sur nos brisées[2] pour essayer de doubler la pointe du côté du sud. Nous ne pûmes le faire que le deuxième jour, passant par plusieurs petits glaçons séparés dudit grand banc, qui était par la hauteur de 44 degrés et demi. Nous cinglâmes jusqu'au lendemain matin, faisant cap vers le nord-ouest et le nord-nord-ouest, ce qui nous fit rencontrer un autre grand banc de glace, qui s'étendait aussi loin que pouvait porter notre vue vers l'est et l'ouest, au point que, quand on l'apercevait, on croyait que c'était une

---

1. Le terme est expliqué dans la suite de la phrase par l'auteur lui-même. Il semble que les marins aient ainsi appelé ces glaçons détachés de la banquise parce qu'ils sont traîtres et ennemis pour les navires, comme les Bourguignons l'étaient envers la couronne de France au temps des ducs de Bourgogne.
2. Sur nos traces.

terre. Car ce banc était si uni que l'on eût dit proprement que cela avait été ainsi fait exprès : il avait plus de dix-huit pieds de haut, et deux fois autant sous l'eau, et nous comprenions que nous n'étions qu'à quelque quinze lieues du cap Breton, alors que nous étions le vingt-sixième jour du mois. Ces rencontres de glaces si fréquentes nous apportaient beaucoup de déplaisir. Nous estimions aussi que le passage dudit cap Breton et cap de Raye serait fermé, et qu'il nous faudrait tenir la mer[1] longtemps avant de trouver un passage.

La nuit s'approchait, et la brume se levait, ce qui nous fit mettre à la mer[2] pour passer le reste de la nuit, attendant le jour pour retourner en reconnaissance parmi les glaces. Le vingt-septième jour du mois, nous avisâmes une terre à l'ouest-nord-ouest de nous et ne vîmes aucune glace au nord-nord-est.

Ils doivent renouveler la manœuvre deux jours d'affilée, vers le nord, puis vers l'est, sans succès : à chaque tentative pour se frayer un passage, ils se trouvent prisonniers des glaces et doivent revenir sur leurs pas. Ils sont contraints de retourner vers l'ouest, mais un nouveau problème s'annonce : il n'y a plus de vent.

Et pour notre malheur, le calme nous prit de telle façon que la houle faillit nous jeter sur le banc de glace, et nous n'étions pas loin d'accepter cette nécessité, en laissant

---

1. Tenir la mer signifie rester en mer, sans pouvoir rejoindre de port ou de rade. Cette situation cause du « déplaisir » à l'équipage… Elle est, en effet, fort préoccupante, voire angoissante, car elle peut occasionner une pénurie de nourriture si les embarras se prolongent trop longtemps.
2. Mettre à la mer : repartir en mer, vers le large, en attendant d'y voir suffisamment pour poursuivre les investigations à la recherche d'un passage à proximité des côtes.

mettre notre bateau hors de l'eau. Pourtant, quand bien même nous nous serions refugiés sur les glaces, cela ne nous aurait servi qu'à nous rendre plus faibles et à nous faire tous mourir misérablement. Comme nous délibérions donc pour savoir si nous allions mettre notre bateau hors d'eau, une brise fraîche se leva, qui nous fit grand plaisir et, grâce à elle, nous évitâmes ainsi les glaces. Quand nous eûmes fait deux lieues, la nuit vint avec une brume très épaisse, qui nous obligea à affaler[1] car nous ne pouvions rien voir, d'autant qu'il y avait plusieurs grandes glaces sur notre route, que nous craignions d'aborder[2]. Nous demeurâmes ainsi toute la nuit jusqu'au lendemain, vingt-neuvième jour du mois, où la brume se renforça de telle façon que nous ne pouvions voir qu'à peine la longueur du vaisseau, et il faisait fort peu de vent. Néanmoins, nous ne manquâmes pas d'appareiller pour éviter les glaces ; mais, pensant nous dégager, nous nous y trouvâmes si embarrassés que nous ne savions plus de quel bord amurer. Et, derechef, nous fûmes contraints de baisser les voiles et de nous laisser dériver jusqu'à ce que les glaces nous fassent appareiller. Nous fîmes cent bordées d'un côté et de l'autre, et pensâmes nous égarer plusieurs fois, car le plus assuré y perdait tout jugement, comme l'aurait perdu le plus grand astrologue[3] du monde. Ce qui

---

1. Baisser les voiles pour mettre le navire à l'arrêt.
2. Au sens d'abordage : ils craignent de les heurter et d'endommager ainsi le navire.
3. L'astrologie est la science qui permet de comprendre et d'interpréter la position des étoiles (tandis que l'astronome observe les astres sans interpréter) : un astrologue est par excellence celui qui serait le plus à même de savoir s'orienter en contemplant le ciel, mais aussi de pouvoir prédire quel chemin choisir. Lorsque Champlain assure qu'un astrologue ne s'y retrouverait pas, il exprime ainsi le trouble extrême dans lequel l'équipage est plongé, et devant lequel même les plus grands experts seraient impuissants.

nous donnait davantage de déplaisir, c'était le peu de visi-
bilité, et la nuit qui venait. Toute refuite[1], même d'un
quart de lieue, nous faisait trouver ou banc ou glace :
quantité de bourguignons nous entouraient, dont le moindre eût été suffisant pour faire sombrer n'importe quel
vaisseau. Or, comme nous longions toujours le bord des
glaces, il s'éleva un vent si impétueux qu'en peu de temps
il déchira la brume, nous fit voir autour de nous et, en
moins d'un rien de temps, nous rendit l'air clair et le beau
soleil. Regardant autour de nous, nous nous vîmes enfermés dans un petit étang qui ne comptait pas une lieue et
demie de circonférence et nous aperçûmes l'île du cap
Breton, au nord, à presque quatre lieues. Nous jugeâmes
que le passage était encore fermé jusqu'au cap Breton.
Nous aperçûmes aussi un petit banc de glace à l'arrière de
notre vaisseau, et la grande mer qui paraissait au-delà, ce
qui nous décida à passer par-dessus le banc, qui était rompu ;
ce que nous fîmes dextrement[2] sans endommager notre
vaisseau. Nous reprîmes la mer toute la nuit et longeâmes
les glaces par le sud-est. Quand nous jugeâmes que nous
pouvions doubler le banc de glace, nous allâmes est-nord-
est sur environ quinze lieues et aperçûmes seulement une
petite partie de glace ; ayant navigué toute la nuit jusqu'au
lendemain, nous aperçûmes un autre banc de glace plus
au nord, qui continuait aussi loin que notre vue pouvait
s'étendre, et nous comprîmes que nous avions dérivé tout
près, à une demi-lieue ; nous mîmes haut les voiles, longeant toujours la glace pour en trouver l'extrémité. Ainsi
que nous cinglions, le premier jour de mai, nous avisâmes

---

1. Terme de chasse : ruse de la bête traquée pour se sauver quand
elle est poursuivie par les chiens. Il s'agit de faire des détours pour
trouver un refuge.
2. Avec dextérité, habileté.

un vaisseau qui était parmi les glaces et qui avait eu bien autant de peine que nous à en sortir. Nous mîmes vent devant[1] pour attendre ce vaisseau qui était au large par rapport à nous, car nous désirions savoir s'il n'avait point vu d'autres glaces. Quand il fut proche, nous aperçûmes que c'était le fils du sieur de Poitrincourt allant trouver son père qui était à l'habitation du Port-Royal[2]. Il y avait trois mois qu'il était parti de France (je crois que ce ne fut pas sans beaucoup de peine) et, pourtant, ils étaient encore à près de cent quarante lieues dudit Port-Royal, bien à l'écart de leur route. Nous leur dîmes que nous avions eu connaissance des îles de Campseau, ce qui d'après moi les rassura beaucoup, d'autant qu'ils n'avaient point encore eu connaissance d'aucune terre, et s'en allaient donner droit entre le cap Saint-Laurent et le cap de Raye, par où ils n'eussent pas trouvé le Port-Royal, à moins de traverser les terres[3]. Après avoir quelque peu parlé ensemble, nous nous séparâmes, chacun suivant sa route. Le lendemain, nous eûmes connaissance des îles Saint-Pierre, sans trouver aucune glace ; et, continuant notre route, le lendemain — troisième jour du mois —, nous eûmes connaissance du cap de Raye, sans trouver de glace non plus. Le quatrième jour du mois, nous eûmes connaissance de l'île Saint-Paul, et du cap Saint-Laurent, et

---

1. Mettre vent devant, ou vent debout (terme de marine), signifie présenter sa proue au vent pour stopper le navire (Littré).
2. Ce fut lors de leur voyage d'exploration de 1604, en vue de choisir un lieu propice pour une colonie, que de Monts et ses compagnons explorèrent le bassin que Champlain nomma Port-Royal (situé dans l'actuelle Nouvelle-Écosse). Frappé par la beauté du paysage et par le potentiel que présentait ce lieu pour l'établissement d'une colonie, Poitrincourt parvint à se faire concéder ce territoire par le sieur de Monts. L'été suivant, à proximité de ruisseaux, on érigea des bâtiments selon une disposition rectangulaire créant une cour intérieure, selon le principe des fermes fortifiées de l'époque.
3. Ils dérivent dans le golfe du Saint-Laurent, vers l'est.

nous étions à quelque huit lieues au nord du cap Saint-Laurent. Le lendemain, nous eûmes connaissance du cap de Gaspé. Le septième jour dudit mois, nous fûmes contrariés par le vent de nord-ouest qui nous fit dériver sur près de trente-cinq lieues, puis le vent vint à se calmer, et tourna au beau temps, pour enfin nous être favorable jusqu'à Tadoussac, le treizième jour du mois de mai ; nous y fîmes tirer un coup de canon pour avertir les sauvages, afin d'avoir des nouvelles des gens de notre habitation de Québec. Tout le pays était encore presque recouvert de neige. Quelques canots vinrent à notre rencontre : ils nous dirent qu'il y avait une de nos pataches[1] qui était au port depuis un mois et trois vaisseaux qui y étaient arrivés depuis huit jours. Nous sortîmes de notre bateau et allâmes trouver les sauvages, qui étaient assez misérables et n'avaient à traiter que fort peu de chose, seulement du ravitaillement. Encore voulurent-ils attendre qu'il vînt plusieurs vaisseaux ensemble, afin de tirer un meilleur marché des marchandises. On voit ainsi qu'ils se trompent, ceux qui pensent faire de meilleures affaires en arrivant les premiers : car ces peuples sont maintenant trop fins et trop subtils.

Le dix-septième jour du mois, je partis de Tadoussac pour aller au grand saut trouver les sauvages algoumequins et d'autres nations qui m'avaient promis l'année précédente de s'y trouver avec le garçon que je leur avais donné pour qu'il m'apprenne ce qu'il aurait vu en son hivernage dans les terres. Ceux qui étaient au port se doutaient bien où je devais aller, suivant les promesses que j'avais faites aux

---

1. Terme de marine ancien. Sorte de vaisseau léger au service des grands navires, pour aller à la découverte de territoires et envoyer des nouvelles rapidement. Il sert encore de première garde pour arrêter les vaisseaux qui veulent entrer dans le port ou pour garder les rivières.

sauvages, comme j'ai dit ci-dessus. Ils commencèrent à faire bâtir plusieurs petites barques pour me suivre le plus promptement qu'ils pourraient. Et plusieurs, à ce que j'appris avant de partir de France, firent équiper des navires et pataches pour entreprendre ce voyage, pensant en revenir riches comme d'un voyage aux Indes.

Dupont-Gravé demeura à Tadoussac en espérant que, s'il n'y faisait rien, il pourrait prendre une patache et venir me retrouver au dit saut. Entre Tadoussac et Québec, notre barque prenait l'eau de toutes parts, ce qui me contraignit à m'attarder à Québec pour l'étancher[1], ce que je fis le vingt et unième jour de mai.

Chapitre 2

Des beaux jardins de la place Royale au drame de l'île aux Hérons

Étant à terre, je trouvai le sieur du Parc qui avait hiverné et tous ses compagnons, qui se portaient fort bien, sans avoir eu aucune maladie. La chasse et le gibier ne leur avaient aucunement manqué pendant tout leur hivernage, à ce qu'ils me dirent. Je trouvai le capitaine sauvage Batiscan et quelques Algoumequins, qui disaient m'attendre, ne voulant retourner à Tadoussac sans m'avoir vu. Je leur fis la proposition de mener un de nos gens aux trois rivières pour une reconnaissance, mais je ne pus obtenir quoi que ce soit d'eux pour cette année : ils reportèrent à l'année suivante. Néanmoins, je ne manquai pas de m'informer de

---

1. Arrêter l'écoulement d'un liquide qui s'enfuit par des ouvertures, c'est-à-dire rendre étanche en rebouchant les trous qui forment des voies d'eau.

détails sur la source, et les peuples qui y habitent, ce qu'ils me dirent avec exactitude. Je leur demandai un de leurs canots, mais ils ne voulurent pas s'en défaire parce qu'ils en avaient grand besoin : en effet, j'étais décidé à envoyer deux ou trois hommes découvrir, dans ces canots, les trois rivières pour voir ce qu'il y aurait, ce que je ne pus faire, à mon grand regret, remettant la partie à la première occasion qui se présenterait.

Je m'empressai cependant de faire préparer notre barque. Et quand elle fut prête, un jeune homme de La Rochelle, appelé Trésart, me pria de lui permettre de m'accompagner jusqu'au saut. Je refusai, disant que j'avais des desseins particuliers que je ne voulais surtout pas mettre en péril en y conduisant quelqu'un ; j'ajoutai qu'il y avait d'autres compagnies que la mienne, que je ne désirais pas ouvrir le chemin ni servir de guide, et qu'il le trouverait assez aisément sans moi.

Ce même jour, je partis de Québec et arrivai au grand saut le 28 mai, où je ne trouvai aucun des sauvages qui m'avaient promis d'y être au vingtième jour du mois. Aussitôt, j'embarquai dans un méchant canot avec le sauvage que j'avais mené en France et l'un de nos gens. Après avoir visité d'un côté et de l'autre, tant dans les bois que le long du rivage, pour trouver un lieu approprié pour construire une habitation et y préparer une place pour la bâtir, je fis environ huit lieues par voie de terre en longeant le grand saut par des bois qui sont assez clairsemés ; j'allai jusqu'à un lac où notre sauvage me mena, et d'où je considérai en détail le pays. Mais de tout ce que je vis, je ne trouvai point de lieu plus approprié qu'un petit endroit où barques et chaloupes peuvent être aisément abritées, malgré un grand vent ; il était disposé en cirque à cause du grand courant d'eau. Car plus haut que cet endroit (que nous avons nommé la place Royale) à une lieue du mont Royal, il y a quantité de petits rochers et des basses[1], qui sont fort dangereux. Et, proche de la place Royale, il y a une petite rivière qui va assez loin dans les terres, tout le long de laquelle il y a plus de soixante arpents[2] de terre déserte, qui sont comme des prairies, où l'on pourrait semer des graines et faire du jardinage. Autrefois, les sauvages y ont labouré, mais ils ont quitté ces terres à cause des guerres fréquentes. Il y a aussi de grandes quantités d'autres belles prairies pour nourrir du bétail, autant que l'on voudra, et toutes les sortes d'arbres que nous avons en nos forêts de par-deçà[3] : avec quantité de vignes, noyers, prunes, cerises, fraises, et d'autres sortes qui sont très bonnes à manger, entre autres une qui est excellente, qui a un goût sucré, tirant vers celui des plantains (qui est un fruit des Indes) et qui est aussi blanche que neige ; la feuille ressemble aux orties et rampe le long des arbres et de la terre, comme le lierre. La pêche du poisson y est fort abondante, de toutes les espèces que nous avons en France et de beaucoup d'autres que nous n'avons point et qui sont très bons ; tout comme la chasse des oiseaux, aussi[4], de différentes espèces ; et celle des cerfs, daims, chevreuils, caribous, lapins, loups-cerviers, ours, castors et autres petites bêtes qui y sont en telle quantité que, pendant que nous étions au saut, nous n'en manquâmes aucunement. Ayant donc reconnu toutes les particularités

---

1. Terme de marine qui désigne des hauts-fonds, où il n'y a pas assez d'eau pour naviguer.

2. Ancienne unité de mesure. Un arpent carré, ou acre, correspond à environ 5107 m².

3. Expression très courante de localisation dans les récits de voyage, désignant la région d'origine de l'auteur, en deçà de l'océan, par opposition à « par-delà » (sous-entendu l'océan), qui se rapporte à la région qu'il visite et observe.

4. La chasse est aussi abondante, le mot n'est pas répété, il est sous-entendu.

du lieu et l'ayant trouvé l'un des plus beaux qui soit en cette rivière, je fis aussitôt couper et défricher le bois de la place Royale pour la rendre unie et prête à bâtir. On peut même faire passer l'eau autour aisément, pour en faire une petite île, et s'y établir comme l'on voudra.

Il y a un petit îlot à vingt toises de la place Royale, qui a environ cent pas de long, où l'on peut installer une bonne et forte habitation. Il y a aussi beaucoup de prairies de très bonne terre grasse à potier, aussi utile pour faire des briques que pour bâtir, ce qui est d'une grande commodité. J'en fis accommoder une partie et élevai une muraille de quatre pieds d'épaisseur et de trois à quatre de haut, et dix toises de long pour voir comment elle se conserverait durant l'hiver quand les eaux descendraient, même si, d'après moi, elles ne sauraient parvenir jusqu'à la muraille, d'autant que le terrain est à douze pieds au-dessus de la rivière, ce qui est assez haut. Au milieu du fleuve, il y a une île d'environ trois quarts de lieue de circonférence, où l'on peut bâtir une bonne et forte ville, et nous l'avons nommée l'île de Sainte-Hélène. Ce saut descend et se termine en une sorte de lac dans lequel il y a deux ou trois îles et de belles prairies. En attendant les sauvages, je fis faire deux jardins, l'un dans les prairies, l'autre à l'emplacement d'un bois que je fis défricher : et le deuxième jour de juin, j'y semai quelques graines qui sortirent toutes parfaitement et en peu de temps, ce qui montre la qualité de la terre.

Nous résolûmes d'envoyer notre sauvage Savignon avec un autre, pour aller au-devant de ceux de son pays, afin de les faire se hâter de venir, et ils se décidèrent à monter dans notre canot, dont pourtant ils doutaient, car il ne valait pas grand-chose.

Ils partirent le cinquième jour du mois. Le lendemain arrivèrent quatre ou cinq barques pour nous faire escorte qui ne trouvaient rien à faire à Tadoussac.

Le septième jour, j'allai en reconnaissance dans une petite rivière par où vont quelquefois les sauvages à la guerre, qui rejoint le saut de la rivière des Iroquois : elle est très plaisante, entourée de plus de trois lieues de prairies, et de force terres qui peuvent être labourées ; elle est à une lieue du grand saut, et à une lieue et demie de la place Royale.

Le neuvième jour, notre sauvage arriva ; il était allé un peu au-delà du lac qui a dix lieues de long et que j'avais vu auparavant, où il n'avait rien rencontré de particulier, et n'avait pu passer plus loin à cause du canot qui les en avait empêchés : ils avaient été contraints de revenir. Ils nous rapportèrent que, passant le saut, ils avaient vu une île où il y avait une si grande quantité de hérons que l'air en était tout couvert. Il y avait un jeune homme appelé Louis, qui était au sieur de Monts[1], grand amateur de chasse : lequel, entendant cela, voulut aller y contenter sa curiosité et pria instamment le sauvage de l'y mener ; ce dernier accepta, et prit avec lui un capitaine montagnais, fort gentil personnage, appelé Outetoucos. Dès le matin, Louis fit appeler les deux sauvages pour s'en aller sur l'île des hérons. Ils embarquèrent dans un canot et s'y rendirent. Cette île est au milieu du saut ; ils y prirent toute la quantité de héronneaux, et d'autres oiseaux qu'ils voulurent, et rembarquèrent dans leur canot. Outetoucos, contre la volonté de l'autre sauvage et en dépit des prières que ce dernier put faire, voulut passer au retour par un endroit très dangereux, où l'eau tombait de près de trois pieds de hauteur, disant qu'il y était déjà passé, ce qui était faux ; il eut un long débat contre notre sauvage qui le voulait mener du côté du sud, le long de la grande Tibie, où ils ont l'habitude de passer, ce que Outetoucos ne voulut pas, disant qu'il n'y avait point de danger. Comme notre

---

1. Cela signifie qu'ils étaient de la compagnie du seigneur de Monts, et à son service.

sauvage le vit opiniâtre[1], il condescendit à sa volonté. Mais il lui dit qu'à tout le moins, on devait décharger le canot d'une partie des oiseaux qui étaient dedans, parce qu'il était trop chargé et qu'infailliblement il se remplirait d'eau et que cela les perdrait ; ce que l'autre refusa de faire, disant qu'il serait toujours temps de s'en soucier s'ils voyaient du péril pour eux. Ils se laissèrent donc dériver dans le courant. Et quand ils furent dans la chute du saut, ils voulurent en sortir et jeter leur charge mais c'était trop tard, car la vitesse de l'eau les maîtrisait à sa guise, et ils emplirent[2] aussitôt dans les bouillons du saut qui leur faisaient faire mille tours vers le haut et vers le bas. Ils ne tardèrent pas à abandonner la charge. Enfin, la violence de l'eau les lassa[3] tant que ce pauvre Louis, qui ne savait nager en aucune façon, perdit toute faculté de jugement, et le canot étant au fond de l'eau, il ne s'agrippa plus à lui ; les deux autres qui, eux, se tenaient toujours au canot, ne virent plus notre Louis en remontant à la surface, et celui-ci mourut misérablement. Les deux autres se tenaient toujours au canot ; mais, quand ils furent hors du saut, Outetoucos étant nu et se fiant à sa nage, l'abandonna, pensant pouvoir gagner la terre, bien que l'eau y courût encore à grande vitesse, et il se noya. Car il était si fatigué et rompu de la peine qu'il avait eue qu'il était impossible qu'il pût s'en tirer après avoir abandonné le canot, que notre sauvage Savignon, mieux avisé, tenait toujours fermement, jusqu'à ce qu'il arrive dans un remous où le courant l'avait porté ; il sut si bien s'y prendre, quelque peine et fatigue qu'il eût endurées, qu'il vint tout doucement à terre. Une fois arrivé, il vida l'eau du canot, et s'en revint, appréhendant fort qu'on se vengeât sur lui, comme ils le font habituellement entre eux.

---

1. Obstiné, têtu.
2. Leur barque s'emplit d'eau.
3. Sens très fort ici : les épuisa en les tourmentant, leur ôta toutes leurs forces.

Il nous conta ces tristes nouvelles qui nous apportèrent du déplaisir.

Le lendemain, je me rendis au saut dans un autre canot avec le sauvage et un autre de nos gens pour voir l'endroit où ils s'étaient perdus, et pour voir aussi si nous pouvions retrouver les corps. Je vous assure que, quand il me montra le lieu, mes cheveux se hérissèrent sur ma tête en voyant ce lieu si épouvantable, et je m'étonnai que les défunts aient pu être à ce point dépourvus de jugement[1] qu'ils passèrent par un lieu aussi effroyable alors qu'ils auraient pu en emprunter un autre plus sûr. Car il est impossible d'y passer, à cause des sept à huit chutes d'eau qui descendent de degré en degré, le moins haut faisant trois pieds de haut, où il se faisait un train et bouillonnement étrange ; une partie du saut était toute blanche d'écume, c'était le plus effroyable du lieu, et elle rendait un bruit si grand que l'on eût dit que c'était un tonnerre, parce que l'air retentissait du fracas de ces cataractes. Après avoir vu et considéré chaque partie de ce lieu, et cherché les corps le long du rivage, pendant qu'une chaloupe assez légère était partie d'un autre côté, nous nous en revînmes sans avoir rien trouvé.

Chapitre 3
Témoignages d'amitié avec les sauvages.
Retour en France

Deux cents sauvages arrivent pour un échange d'hommes : ils se félicitent du traitement qu'a connu celui qu'ils avaient envoyé en France, et réciproquement le garçon français que Champlain

---

1. Privés de raison.

avait laissé auprès d'eux pour l'hiver raconte à quel point il a
été bien traité par les sauvages... Cependant, ces derniers
s'inquiètent du grand nombre de Français qui accompagnent
Champlain, et dont ils craignent qu'ils ne soient pas aussi bien
intentionnés que lui et qu'ils ne soient venus que pour l'appât
du gain. Champlain les rassure sur les bonnes intentions de ses
compagnons.

Après plusieurs discours, ils me firent présent de cent castors[1]. Je leur donnai en échange d'autres sortes de marchandises, et ils me dirent qu'il y avait plus de quatre cents
sauvages qui devaient venir de leur pays, et qu'ils avaient été
retardés par un prisonnier iroquois qui était à moi, qui s'était
échappé et s'en était allé en son pays. Il avait laissé entendre
que je lui avais rendu sa liberté et donné des marchandises,
que je devais aller audit saut avec six cents Iroquois attendre
les Algoumequins et les tuer tous. La crainte de ces nouvelles
les avait arrêtés, sans cela ils seraient arrivés plus vite. Je leur
répondis que si le prisonnier s'était échappé, c'était sans mon
accord, notre sauvage le savait bien. Je n'avais aucunement
l'intention, ajoutai-je, d'abandonner leur amitié comme on le
leur avait fait croire, puisque j'avais été à la guerre avec eux,
que j'avais envoyé mon garçon en leur pays pour entretenir
leur amitié, et que la promesse que je leur avais si fidèlement
tenue le confirmait encore. Ils me répondirent que, de leur
côté, ils ne l'avaient jamais cru non plus, et qu'ils voyaient
bien que tous ces discours étaient éloignés de la vérité, et
que s'ils avaient pensé autre chose, ils ne seraient pas venus,
et que c'étaient les autres qui avaient eu peur, parce qu'ils
n'avaient jamais vu d'autre Français que mon garçon. Ils me
dirent aussi qu'il viendrait trois cents Algoumequins dans

---

1. Ce sont bien entendu des fourrures de castor, fort prisées chez
les Européens.

cinq ou six jours, si on voulait les attendre pour aller à la guerre avec eux contre les Iroquois, et que si je n'y venais pas, ils s'en retourneraient sans la faire. Je les entretins fort sur le sujet de la source de la grande rivière, et sur leur pays, dont ils discourrurent pour moi avec force détails, tant des rivières, des sauts, des lacs et terres, que des peuples qui y habitent et de ce qui s'y trouve. Quatre d'entre eux m'assurèrent qu'ils avaient vu une mer très éloignée de leur pays. Mais le chemin pour l'atteindre était difficile, tant à cause des guerres que des déserts qu'il faut traverser pour y parvenir. Ils me dirent aussi que l'hiver précédent, il était venu quelques sauvages du côté de la Floride par-derrière le pays des Iroquois[1], qui voyaient notre mer Océane[2] et qui sont en amitié avec ces sauvages. Enfin, ils en discourrurent pour moi très précisément, me montrant par des figures tous les lieux où ils avaient été, prenant plaisir à m'en faire des discours : et moi, je ne m'ennuyais pas à les entendre, car cela me rendait des certitudes sur des choses dont j'avais douté avant d'entendre leurs éclaircissements.

Après ces moments d'échange, certains des Européens repartent avec le produit de la traite, tandis que Champlain reste et se prépare à de grandes aventures, qu'il estime bien plus estimables que de rapporter de simples objets comme le font les marchands. Le lendemain, les sauvages fabriquent une barricade, puis font appeler Champlain.

---

1. La Floride est en effet plus au sud que le pays des Iroquois : vue du nord, elle est « par-derrière ».

2. Quand Champlain parle de « notre mer Océane », il évoque l'Océan atlantique, qui est celui des Français (« notre ») autant que celui des côtes canadiennes ; il veut dire ici que les sauvages qui vivent du côté de la Floride voient l'Atlantique, parce qu'ils vivent sur ses côtes, mais plus au sud.

Après avoir tenu plusieurs discours, ils me firent aussi[1] appeler vers minuit. Arrivé dans leur cabane, je les trouvai tous assis en conseil ; ils me firent asseoir près d'eux, disant que leur coutume était que quand ils voulaient s'assembler pour proposer quelque chose, ils le faisaient la nuit, afin de ne pas être distraits par l'aspect d'aucune chose : on ne pensait alors qu'à écouter, tandis que le jour divertissait l'esprit par les objets visibles. Mais, à mon sens, c'est qu'ils voulaient me dire leur volonté en cachette, car ils ne se fiaient qu'à moi. Et d'ailleurs, ils craignaient les autres pataches, comme ils me le firent comprendre depuis. Car ils me dirent qu'ils étaient fâchés de voir tant de Français qui n'étaient pas d'accord entre eux, et qu'ils auraient bien préféré me voir seul ; que quelques-uns d'entre eux avaient été battus ; qu'ils me voulaient autant de bien qu'à leurs enfants, et qu'ils avaient une telle confiance en moi que ce que je leur dirais, ils le feraient, mais qu'ils se méfiaient fort des autres ; que si je revenais, je pourrais amener autant de gens que je voudrais, pourvu qu'ils soient sous la conduite d'un chef ; ils ajoutèrent qu'ils m'avaient fait venir pour m'assurer encore de leur amitié qui ne se romprait jamais, et qu'il ne fallait pas que j'en fusse fâché contre eux. Et que sachant que j'avais pris la décision de découvrir leur pays, ils me le feraient voir au péril de leurs vies, m'assistant d'un bon nombre d'hommes qui connaissaient tous les passages. Et qu'à l'avenir, nous devions croire en eux comme ils le faisaient en nous. Aussitôt, ils firent venir cinquante castors et quatre carcans[2]

---

1. Auparavant, ils ont fait appeler le sauvage qui était allé en France, et le garçon qui était resté chez eux.
2. Mot ancien qui signifiait alors collier d'ornement, orné de pierreries, ou simple chaîne portée par les femmes autour du cou pour se parer (avant de désigner plus tard un collier de supplice pesant lourdement sur le cou du condamné).

faits de leurs porcelaines (dont ils estiment la valeur autant que nous le faisons de chaînes d'or[1]) afin que j'en donne à mon frère (ils voulaient parler de Dupont-Gravé, car nous étions ensemble), et ils dirent que ces présents venaient d'autres capitaines qui ne m'avaient jamais vu, qui me les envoyaient et qui désiraient être toujours de mes amis. Mais s'il y avait d'autres Français qui voulaient aller avec eux, ils en seraient fort contents, et plus que jamais pour entretenir une ferme amitié.

Après plusieurs discours, et puisqu'ils avaient la volonté de me faire voir leur pays, je leur proposai les choses suivantes : je supplierais Sa Majesté le roi de nous assister à hauteur de quarante ou cinquante hommes armés de toutes choses nécessaires pour ce voyage et j'embarquerais avec eux ; à charge pour eux, de leur côté, de nous garantir les vivres nécessaires durant le voyage, tandis que moi j'apporterais des présents destinés aux chefs des pays par où nous passerions, puis nous reviendrions hiverner dans notre habitation. Et si je trouvais le pays bon et fertile, l'on y ferait plusieurs habitations, et par ce moyen, nous aurions communication les uns avec les autres, vivant heureusement à l'avenir dans la crainte de Dieu, qu'on leur ferait connaître. Ils furent très contents de cette proposition et me prièrent d'y tenir la main[2], disant qu'ils feraient de leur côté tout ce qui leur serait possible pour la faire aboutir ; et que, pour ce qui était des vivres, nous n'en manquerions pas plus qu'eux-mêmes. Ils m'assurèrent derechef qu'ils me

---

1. Cette remarque sur le prix que telle culture porte à tel matériau était déjà chez Jacques Cartier. L'étonnement des Européens est récurrent lorsqu'ils constatent que les Indiens méprisent l'or et adorent certaines perles de coquillages (ou porcelaines) que les Européens, quant à eux, ne considèrent que comme de la verroterie.
2. On dit « tenir la main à quelque chose », pour dire : faire tout pour la faire réussir, ou la faire exécuter.

feraient voir tout ce que je désirais. Et, là-dessus, je pris
congé d'eux au point du jour, en les remerciant de la volonté
qu'ils avaient de favoriser mon désir et en espérant que
tout cela continuerait toujours.

Les sauvages sont partis installer un campement un peu plus
loin et demandent à Champlain de les rejoindre pour lui demander
conseil, de nouveau, au sujet des autres Européens en qui ils
n'ont décidément pas confiance. Ils renouvellent leurs serments
d'entraide, puis Champlain demande à retourner auprès des
siens, sur son propre campement.

Je les priai de me ramener en notre patache. Pour ce
faire, ils équipèrent huit canots pour passer ledit saut et se
déshabillèrent pour se mettre tout nus et me firent mettre
en chemise ; car souvent il arrive que certains se perdent en
le passant, ils se tiennent donc les uns près des autres pour
se secourir promptement si l'un des canots venait à se
renverser. Ils me dirent : « Si par malheur le tien venait à
se retourner, comme tu ne sais pas nager, ne l'abandonne
en aucun cas, et tiens-toi bien à ces petits bâtons qui sont
au milieu du canot, car ainsi nous te sauverons aisément. »
Je vous assure que ceux qui n'ont pas vu ni passé cet endroit
dans des petits bateaux comme les leurs ne pourraient pas
le faire sans ressentir une grande appréhension, même
l'homme le plus courageux du monde. Mais ces nations sont
si adroites à passer les sauts, que cela leur est facile : je le
passai avec eux, ce que je n'avais jamais fait, ni aucun autre
chrétien, hormis mon garçon.

On attend longtemps les trois cents sauvages qui devaient
venir pour faire la guerre... Arrivent enfin vingt-quatre canots
remplis d'Algoumequins.

Le 12 du mois arrivèrent lesdits Algoumequins avec quelques marchandises. Avant de traiter, ils firent un présent à un sauvage montagnais, fils d'Annadabigeau qui était mort dernièrement, afin de l'apaiser et de le consoler de la mort de son père. Peu de temps après, ils résolurent de faire quelques présents à tous les capitaines des pataches. Ils donnèrent à chacun dix castors. Et en les donnant, ils dirent qu'ils étaient bien navrés de ne pas en avoir davantage, mais que la guerre où la plupart allaient en était la cause. Toutefois, ils voulaient que l'on prenne ce qu'ils offraient de bon cœur, puisqu'ils étaient nos amis à tous et qu'ils étaient amis avec moi, qui étais assis auprès d'eux, plus qu'avec tous les autres — qui, eux, ne leur voulaient du bien que pour obtenir leurs castors. Les autres ne faisaient pas comme moi qui les avais toujours assistés, moi chez qui ils n'avaient jamais trouvé deux paroles[1], alors que cela était arrivé avec les autres.

Je leur répondis que tous ceux qu'ils voyaient assemblés étaient leurs amis, et que peut-être que, quand l'occasion se présenterait, ils ne manqueraient pas d'en faire la preuve. Nous étions tous amis, et ils devaient continuer à nous vouloir du bien. Nous leur ferions des présents en retour de ce qu'ils nous donnaient, et ils pouvaient traiter paisiblement : ce qu'ils firent, et chacun en emporta ce qu'il put.

Le lendemain, ils m'apportèrent, comme en cachette, quarante castors, en m'assurant de leur amitié. Par ailleurs, ils étaient très heureux de la décision que j'avais prise avec les sauvages qui s'en étaient allés, et heureux que l'on

---

1. Avoir deux paroles (« la langue fourchue », disent les Indiens dans les histoires de Lucky Luke), c'est n'être pas fiable et être susceptible de trahir la parole donnée. Les Indiens se méfient beaucoup de la traîtrise possible des « autres » Européens qu'ils voient avides de fourrures, contrairement à Champlain.

fasse une habitation au saut, ce dont je les assurai, et je leur fis quelques présents en échange.

Après toutes ces choses, ils décidèrent d'aller chercher le corps d'Outetoucos qui s'était noyé au saut, comme nous l'avons dit ci-dessus. Ils allèrent où il était, le désenterrèrent et le portèrent en l'île Sainte-Hélène, où ils firent leurs cérémonies accoutumées[1], qui sont de chanter et de danser sur la fosse, suivies de festins et banquets. Je leur demandai pourquoi ils désenterraient le corps. Ils me répondirent que si leurs ennemis avaient trouvé la fosse, ils l'auraient fait aussi et auraient mis ensuite le corps en plusieurs pièces qu'ils auraient pendues à des arbres pour leur causer du chagrin. C'est pourquoi ils le transportaient en un lieu écarté du chemin et le plus secret possible.

Le quinzième jour du mois arrivèrent quatorze canots, dirigés par le chef appelé Tecouehata. À leur arrivée, tous les autres sauvages se mirent en armes et firent quelques tours de limaçon[2]. Quand ils eurent assez tourné et dansé, les autres qui étaient dans leurs canots commencèrent aussi à danser en faisant plusieurs mouvements de leurs corps. Le chant fini, ils descendirent à terre avec quelques fourrures et firent des présents pareils à ceux que les autres avaient faits. On leur en fit d'autres, réciproquement, selon la valeur. Le lendemain, ils traitèrent ce peu qu'ils avaient et me firent présent encore en particulier de trente castors, ce dont je les récompensai. Ils me prièrent de continuer à leur vouloir du bien, ce que je leur promis. Ils me firent des discours très détaillés sur les découvertes du côté du nord, qui pouvaient être de grande utilité. Et sur ce

---

1. Selon leur coutume, donc habituelles.
2. Dans le vocabulaire militaire du XVIᵉ siècle, le limaçon est une manœuvre apprise aux jeunes soldats ; elle consiste, on s'en doute, à faire des tours et détours.

sujet, ils me dirent que, s'il y avait parmi mes compagnons quelqu'un qui voulait aller avec eux, ils lui feraient voir des choses qui m'apporteraient du contentement et qu'ils le traiteraient comme l'un de leurs enfants. Je leur promis de leur donner un jeune garçon, ce dont ils furent fort contents. Quand celui-ci prit congé de moi pour aller avec eux, je lui donnai une liste très détaillée des choses qu'il devait observer lorsqu'il serait parmi eux. Après qu'ils eurent traité tout le peu qu'ils avaient, ils se séparèrent en trois groupes : les uns pour la guerre, d'autres allant par le grand saut et les autres par une petite rivière, qui va se jeter dans celle du grand saut. Ils partirent le dix-huitième jour du mois, et nous aussi, le même jour.

Ce jour-là, nous fîmes les trente lieues qu'il y a du saut aux trois rivières, et le dix-neuvième nous arrivâmes à Québec, distant d'encore trente lieues des trois rivières. Je pris mes dispositions pour que chacun, ou du moins la plupart de mes compagnons, demeure dans cette habitation, puis j'y fis faire quelques réparations et planter des rosiers et fis charger du chêne de fente[1] pour en faire l'épreuve en France, destiné autant au lambris marin qu'au fenêtrage. Et le lendemain, 20 du mois de juillet, j'en partis. Le 23, j'arrivai à Tadoussac, où je me résolus à revenir en France, suivant l'avis de Dupont-Gravé. Après avoir mis de l'ordre dans les affaires qui concernaient l'habitation, suivant la charge que le sieur de Monts m'avait donnée, j'embarquai dans le vaisseau du capitaine Thibaut de La Rochelle, le onzième jour d'août. Pendant notre traversée, nous ne manquâmes pas de poisson : daurades, grandes-oreilles[2], et poissons-pilotes qui sont comme des harengs, et qui se met-

---

1. Le bois de fente est celui que l'on peut fendre pour en faire, par exemple, des lattes.
2. Sorte de seiche dont les nageoires ont la forme d'oreilles.

tent autour de certains ais[1] chargés de pousse-pieds —,
c'est une sorte de coquillage qui s'y attache et s'y déve-
loppe au fil du temps. Il y a quelquefois une si grande quantité de ces petits poissons que c'est chose étrange à voir.
Nous prîmes aussi des marsouins et d'autres espèces. Nous
eûmes assez beau temps jusqu'à Belle-Île, où les brumes
nous prirent, et durèrent trois ou quatre jours. Puis le temps
venant au beau, nous eûmes connaissance d'Alvert et arrivâmes à La Rochelle le 10 septembre 1611.

---

1. Les ais sont les longues pièces de bois qui constituent la coque
du navire.

QUATRIÈME VOYAGE, 1613

Au très haut, très puissant et très excellent
Henri de Bourbon prince de Condé,
premier prince du sang, premier pair de France,
gouverneur et lieutenant de Sa Majesté en Guyenne[1].

Monseigneur,

L'honneur que j'ai reçu de votre grandeur d'être chargé
des découvertes de la Nouvelle France n'a fait qu'accroître
en moi l'envie de poursuivre avec plus de soin et d'empressement que jamais la recherche de la mer du Nord. À
cette fin, en cette année 1613, j'y ai fait un voyage sur le
rapport d'un homme que j'y avais envoyé, et qui m'assurait
l'avoir vue. Vous pourrez le voir en ce petit récit que j'ose
offrir à votre excellence, où toutes les peines et difficultés
que j'y ai eues sont décrites dans le détail ; de tout cela, il
ne me reste que le regret d'avoir perdu cette année, mais
non pas l'espérance, dès le prochain voyage, d'en avoir des
nouvelles plus sûres grâce aux sauvages, qui m'ont fait état de
la présence de plusieurs lacs et rivières allant vers le nord ;

---

1. Le précédent commanditaire et protecteur de Champlain, le
comte de Soissons, étant mort prématurément, le monopole de la
traite des fourrures est passé aux mains du prince de Condé, chargé
à présent de mettre en œuvre et de financer les expéditions.

outre qu'ils m'assurent avoir la connaissance de cette mer, il me semble qu'on peut aisément tirer conjecture des cartes[1], et établir qu'elle ne doit pas être loin des dernières découvertes que j'ai faites ici. En attendant le moment opportun et la possibilité de continuer ces desseins, je prierai le Créateur qu'il vous conserve, Prince bienheureux, en toutes sortes de félicités, et c'est ainsi que se terminent les vœux que je fais à votre grandeur, en qualité de son

Très humble et très affectionné serviteur

SAMUEL DE CHAMPLAIN

Chapitre I
Les embarras du départ

Le désir que j'ai toujours eu de faire de nouvelles découvertes en Nouvelle France, pour le bien, l'utilité et la gloire du nom de la France, mais aussi pour amener ces pauvres peuples à la connaissance de Dieu, m'a encouragé à favoriser le développement de cette entreprise, ce qui ne peut se faire que par le moyen d'un bon règlement[2]. D'autant que comme chacun veut cueillir les fruits de mon labeur sans contribuer aux frais et grandes dépenses qu'il convient de faire pour l'entretien des habitations nécessaires à la bonne réussite de ces desseins, on ruine ce commerce par l'avidité de gagner, qui est si grande qu'elle fait partir les marchands avant la saison, espérant arriver les premiers dans

---

1. Faire des hypothèses à partir des cartes.
2. C'est-à-dire en fixant un code et des règles de fonctionnement, de manière que chaque intérêt individuel ne nuise pas à l'intérêt collectif.

ce pays, de sorte qu'ils se précipitent non seulement dans les glaces[1], mais aussi vers leur propre ruine : car, traitant avec les sauvages à la dérobée, et donnant par surenchère plus de marchandise qu'il n'est souhaitable, ils sur-achètent les denrées ; et ainsi, pensant tromper leurs compagnons[2], ils se trompent le plus souvent eux-mêmes. C'est pourquoi, étant de retour en France le 10 septembre 1611, j'en parlai à monsieur de Monts, qui se trouva d'accord avec moi ; mais ses affaires ne lui permettant pas d'engager des poursuites à la Cour, il m'en laissa toute la charge. Dès lors, j'en dressai des mémoires, que je montrai à monsieur le Président Jeannin, lequel (comme il est désireux de voir fructifier les bonnes entreprises) loua mon dessein et m'encouragea à sa poursuite. Et présumant que ceux qui aiment à pêcher en eau trouble[3] trouveraient ce règlement fâcheux, et rechercheraient les moyens de l'empêcher, il me sembla à propos de me jeter entre les bras[4] de quelque grand, dont l'autorité pourrait servir contre leur envie[5].

Or connaissant monseigneur le comte de Soissons, prince pieux et apprécié en toutes saintes entreprises, je m'adressai à lui par l'entremise du sieur de Beaulieu, conseiller et aumônier ordinaire du roi, et lui exposai l'importance de l'affaire, les moyens de la régler, le mal que le désordre avait déjà apporté là-bas, et la ruine totale dont elle était menacée, au grand déshonneur du nom de la France, si Dieu n'exhortait quelqu'un à la vouloir redresser, à lui donner l'espérance de faire un jour réussir ce que l'on avait pu

---

1. Champlain parle en connaissance de cause : c'est ce qui lui était arrivé lors de son précédent voyage (voir III, 1).

2. Leurs collègues et concurrents, les autres marchands, qu'ils croient ainsi supplanter.

3. Champlain désigne par cette périphrase les gens qu'il vient d'évoquer, qui intriguent et qui sont malhonnêtes.

4. Me mettre sous la protection de quelque puissante personne.

5. Le mot est pris au sens classique de « jalousie ».

espérer d'elle. Lorsqu'il fut instruit de tous les détails de la chose, et qu'il eut vu la carte du pays que j'avais faite, il me promit, sous réserve du bon plaisir du roi, de prendre sous sa protection toute cette affaire.

Aussitôt après, je présentai à Sa Majesté et à nos seigneurs de son Conseil une requête dont les articles tendaient à faire en sorte qu'il lui plût de vouloir apporter un règlement en cette affaire, sans lequel, ainsi que je l'ai dit, elle s'en allait à sa perte. Pour ce faire, Sa Majesté en donna la direction et le gouvernement à monseigneur le comte[1], lequel dès lors m'honora de sa lieutenance.

Or, comme je me préparais à faire publier la Commission du roi par tous les ports et havres[2] de France, la maladie de monseigneur le comte arriva, et sa mort tant regrettée, qui retarda un peu cette affaire. Mais Sa Majesté en remit aussitôt la direction à Monseigneur le Prince[3], et Monseigneur m'ayant pareillement honoré de sa lieutenance, cela fit que je poursuivis la publication de ladite commission. Elle ne fut pas faite aussi vite que je l'aurais voulu, car quelques esprits brouillons[4], qui n'avaient aucun intérêt en l'affaire, l'[5]importunèrent pour la faire casser, lui faisant entendre le prétendu intérêt de tous les marchands de France, qui n'avaient en fait aucun sujet de se plaindre, puisque

─────────────

1. Il s'agit du comte de Soissons, dont il a été question plus haut. La proposition peut se concrétiser sous la protection de ce puissant personnage, dans la mesure où elle a eu l'aval du roi.

2. Un havre est un port de mer.

3. C'est le prince de Condé. Puisque le comte de Soissons est mort, c'est lui qui dirigera désormais cette entreprise ; ainsi c'est bien à lui que le récit est dédié (voir la première page de ce voyage), à la manière d'un rapport fait par un lieutenant, Champlain, qui doit rendre compte de l'expédition à son retour.

4. Se dit de personnes qui se plaisent à embrouiller les affaires en y semant le trouble.

5. « L' » désigne le prince de Condé, « lui faisant entendre », un peu plus loin dans la même phrase, aussi.

chacun était reçu dans l'association, et que, de ce fait, aucun ne pouvait légitimement s'en offenser. Leur mauvaise foi étant reconnue, ces objections furent rejetées ; il était permis à chacun d'entrer dans l'association[1]. Pendant le temps que prirent ces altercations, il me fut impossible de faire quoi que ce soit pour l'habitation de Québec, dans laquelle je désirais emmener des ouvriers pour la réparer et l'agrandir, car le temps de partir nous pressait fort. Ainsi, il fallut se contenter pour cette année d'y aller sans autre association, avec les passeports de Monseigneur le Prince, accordés à quatre vaisseaux, déjà prêts pour faire le voyage : il y en avait trois à Rouen et un à La Rochelle, et chacun fournirait quatre hommes pour m'assister, tant en mes explorations qu'à la guerre, parce que je voulais tenir la promesse que j'avais faite aux sauvages Ochateguins en l'année 1611[2] d'être en guerre à leurs côtés au prochain voyage.

Et alors que je me préparais pour partir, je fus averti que la cour du Parlement de Rouen n'avait pas permis qu'on publiât la Commission du roi, parce que Sa Majesté se réservait, à elle et à son Conseil, la seule connaissance des différends qui pourraient survenir en cette affaire — et les marchands de Saint-Malo aussi s'y étaient opposés[3]. Cela me tourmenta fort et me contraignit à faire trois voyages à Rouen, avec jussions[4] de Sa Majesté, en

---

1. Tous les marchands ont la possibilité de faire du commerce, s'ils ont demandé la permission de le faire dans le cadre réglementaire de l'association.

2. Voir voyage précédent, p. 76.

3. Ils s'opposent au fait que tous les différends soient réglés par le roi et son Conseil, de manière centralisée ; ils préféreraient régler cela entre eux, sans que cela soit un privilège royal.

4. Une jussion est un commandement du roi par lettres scellées, adressées aux juges, soit d'une compagnie supérieure, ou autre, leur ordonnant de faire quelque chose qu'ils avaient d'abord refusé. C'est par jussions que passent certains édits royaux.

faveur desquelles la cour se déporta de ses empêche-
ments[1] et débouta les opposants de leurs prétentions. La
Commission fut alors publiée dans tous les ports de
Normandie.

Chapitre 2

La cicatrice du coup de flèche

Le 5 mars, je partis de Rouen pour aller à Honfleur,
avec le sieur l'Ange pour m'assister dans mes explorations et à la guerre si l'occasion s'en présentait. Le lendemain, 6 du mois, nous embarquâmes dans le vaisseau du
sieur Dupont-Gravé, où aussitôt nous mîmes les voiles au
vent, qui était alors assez favorable. Le 10 avril nous
eûmes connaissance du Grand Banc, où l'on mit plusieurs
fois les lignes[2] à l'eau sans rien prendre. Le 15, nous
eûmes un grand coup de vent, accompagné de pluie et de
grêle, suivi d'un autre qui dura quarante-huit heures, si
impétueux qu'il fit périr plusieurs vaisseaux à l'île du cap
Breton. Le 21, nous eûmes connaissance de l'île du cap
de Raye. Le 29, les sauvages montagnais de la pointe de
tous les Diables nous apercevant, ils se jetèrent dans
leurs canots et vinrent au-devant de nous ; ils étaient si
maigres et hideux que je ne les reconnaissais pas. En
abordant, ils commencèrent à demander du pain en criant
qu'ils mouraient de faim. Cela nous fit juger que l'hiver
n'avait pas été grand et que, par conséquent, la chasse

---

1. Termes juridiques qui signifient que la cour de Rouen retira ses
oppositions.
2. Il s'agit des lignes destinées à pêcher du poisson et à ravitailler
ainsi les réserves de nourriture de l'équipage.

avait été mauvaise : de ceci, nous avons parlé aux voyages
précédents[1].

Quand ils furent dans notre vaisseau, ils regardèrent chacun de nous en fixant son visage et, comme je ne paraissais
pas, ils demandèrent où était monsieur de Champlain ;
on leur fit réponse que j'étais resté en France. Mais n'en
croyant rien, un vieillard vint vers moi dans un coin, où je
m'étais retiré dans le désir de n'être pas encore reconnu,
et me prenant l'oreille (car ils se doutaient que c'était
moi), il vit la cicatrice du coup de flèche que j'avais reçu
à la défaite des Iroquois. Alors il s'écria, et tous les autres
après lui, avec de grandes démonstrations de joie, et me
dit : « Tes gens sont au port de Tadoussac, ils t'attendent. »

Ce même jour, bien que nous fussions partis parmi les
derniers, nous arrivâmes pourtant les premiers à Tadoussac,
et par la même marée que le sieur Boyer de Rouen. Ainsi
l'on comprend que partir avant la saison ne sert qu'à se
précipiter dans les glaces[2]. Quand nous eûmes jeté l'ancre,
nos gens vinrent nous retrouver et, après nous avoir déclaré
comment se portait l'habitation, ils se mirent à habiller[3]
trois outardes[4] et deux lapins qu'ils avaient apportés et en
jetèrent les tripailles à bord ; ces pauvres sauvages se ruè-
rent sur cette nourriture et, ainsi que des bêtes affamées,
ils les dévorèrent sans les vider. Ils raclaient également

---

1. Il en a, en effet, été question dans le premier voyage.
2. Champlain confirme ici la leçon qu'il a pu tirer du voyage précédent.
3. Terme de cuisine et de boucherie, « habiller » signifiait préparer un poisson ou un gibier (le fendre, le plumer, le vider...) avant
de le cuisiner : c'est un sens archaïque, conservé dans certains
métiers.
4. L'outarde est un gros oiseau vivant dans les campagnes, réputé
bon à manger, ressemblant à l'oie par sa corpulence et à l'autruche
par son port lourd.

avec les ongles la graisse dont on avait suifé[1] notre vaisseau et ils la mangeaient gloutonnement comme s'ils y trouvaient quelque grand goût.

Le lendemain, arrivèrent deux vaisseaux de Saint-Malo, partis avant que les oppositions soient annulées et que la Commission fût publiée en Normandie. Je me rendis à leur bord, accompagné de l'Ange : les sieurs de la Moinerie et la Tremblaye les commandaient, et je leur fis lecture de la Commission du roi, et des défenses d'y contrevenir, ainsi que des peines encourues. Ils répondirent qu'ils étaient sujets et fidèles serviteurs de Sa Majesté, et qu'ils obéiraient à ses commandements ; et je fis attacher dehors, à un poteau sur le port, les armes et Commissions de Sa Majesté, afin que nul ne puisse prétendre les ignorer.

Le 2 mai, voyant deux chaloupes équipées pour aller au saut, j'embarquai avec l'Ange dans l'une d'elles. Nous fûmes contrariés par un fort mauvais temps, de sorte que le mât de notre chaloupe se rompit et, sans la protection de Dieu, nous aurions sombré, comme le fit devant nos yeux une chaloupe de Saint-Malo qui allait à l'île d'Orléans, et de laquelle les hommes purent se sauver. Le 7, nous arrivâmes à Québec où nous trouvâmes en bonne santé ceux qui y avaient hiverné ; ils n'avaient pas été malades et ils nous dirent que l'hiver n'avait pas été rigoureux : la rivière n'avait même pas gelé. Les arbres commençaient aussi à se revêtir de feuilles, et les champs à s'émailler[2] de fleurs. Le 13, nous partîmes de Québec pour aller au saut Saint-

---

1. Pour rendre étanche la carène d'un navire, on y étalait une préparation où entrait du suif, c'est-à-dire de la graisse de mouton, de bœuf ou de chèvre, dont on peut se servir par ailleurs pour confectionner des chandelles — mais le suif n'est pas bon à manger, en principe.
2. Terme classique signifiant s'orner, s'embellir, généralement employé au figuré pour désigner les couleurs variées des fleurs des champs.

Louis, où nous arrivâmes le 21 ; nous y trouvâmes l'une de nos barques qui était partie après nous de Tadoussac ; elle avait traité quelques marchandises avec une petite troupe d'Algoumequins qui revenaient de la guerre des Iroquois et avaient avec eux deux prisonniers. Ceux de la barque leur firent entendre que j'étais venu avec de nombreux hommes pour les assister dans leurs guerres, tenant la promesse que je leur avais faite les années précédentes ; et de plus, que je désirais aller en leur pays et donner des preuves d'amitié à tous leurs amis, ce qui les rendit très joyeux, d'autant plus qu'ils voulaient retourner chez eux pour assurer leurs amis de leur victoire, voir leurs femmes et faire mourir leurs prisonniers en une solennelle tabagie[1]. Pour gage de leur retour, qu'ils promettaient avant la première lune (c'est ainsi qu'ils comptent), ils avaient laissé pour moi leurs rondaches[2] faites de bois et de cuir d'élan, et une partie de leurs arcs et flèches. Cela me causa un réel déplaisir de n'être pas arrivé suffisamment tôt pour pouvoir partir avec eux dans leur pays.

Trois jours après, arrivèrent trois canots d'Algoumequins qui venaient de l'intérieur des terres, chargés de quelques marchandises, qu'ils traitèrent ; mais ils me dirent que le mauvais traitement qu'avaient reçu les sauvages l'année précédente les avait dégoûtés de revenir, et qu'ils ne croyaient pas qu'il fût possible que je revienne dans leur pays, à cause de mauvais rapports que les jaloux leur avaient faits sur mon compte. C'était pour cela que mille deux cents hommes étaient allés à la guerre, ne croyant plus au retour des Français. Ces nouvelles attristèrent les marchands, car

---

1. Cérémonie solennelle où l'on fume ensemble pour sceller une délibération ou un événement.
2. Une rondache est une sorte de grand bouclier rond dont se servent les soldats à pied en Europe jusqu'au règne de Charles IX (1550-1574).

ils avaient fait grande emplette de marchandises à échanger, dans l'espérance que les sauvages viendraient comme ils avaient l'habitude de le faire. Cela me décida à passer dans leur pays lors de mes explorations, pour assurer ceux qui y étaient restés du bon traitement qu'ils recevraient, de la quantité de bonnes marchandises qui étaient au saut, et aussi de mon désir de les aider en temps de guerre. Et pour ce faire, je leur fis demander trois canots et trois sauvages pour nous guider. Avec beaucoup de peine, j'en obtins deux, et un sauvage seulement, et ce grâce à quelques présents que je leur fis.

Chapitre 3

« Tu es lassé de vivre ? ! »
Sauts, fracas, émotions fortes
et croix de bois rouge

Or, n'ayant que deux canots, je ne pouvais emmener avec moi que quatre hommes, parmi lesquels était un nommé Nicolas de Vignau, le plus impudent menteur que l'on ait vu depuis longtemps, comme la suite de ce récit le montrera ; il avait autrefois hiverné avec les sauvages, et je l'avais envoyé en exploration les années précédentes. Il m'avait raconté à son retour à Paris, en 1612, qu'il avait vu la mer du Nord, que la rivière des Algoumequins qui sortait d'un lac s'y jetait et qu'en dix-sept journées l'on pouvait aller et revenir du saut Saint-Louis à ladite mer ; il dit aussi qu'il avait vu l'épave naufragée d'un vaisseau anglais qui s'était perdu sur la côte, dont quatre-vingts hommes s'étaient sauvés à terre, que les sauvages tuèrent parce que ces Anglais voulaient leur dérober leur blé d'Inde et autres

vivres par la force. Il dit qu'il avait vu que ces sauvages avaient
écorché (selon leur coutume) les têtes des Anglais : les
sauvages voulaient, dit-il, me les montrer, et me donner
aussi un jeune garçon anglais qu'ils m'avaient gardé. Cette
nouvelle m'avait fort réjoui, car je pensais avoir trouvé
bien près ce que je cherchais bien loin[1] : ainsi je le conjurai
de me dire la vérité, afin d'en avertir le roi, en lui précisant
que s'il me faisait entendre un mensonge, il se mettait la
corde au cou, mais que si le récit était vrai, il pouvait être
assuré d'être bien récompensé. Il me donna encore des
preuves, avec des serments plus grands que jamais. Et pour
mieux jouer son rôle, il me fit une description du pays du
mieux, dit-il, qu'il lui avait été possible. L'assurance[2], donc,
que je voyais en lui, la simplicité dont je le jugeais plein, la
description qu'il avait dressée, le bris et fracas du vaisseau,
et les choses dites ci-dessus, étaient de bonne apparence[3].
Sans compter le voyage des Anglais vers le Labrador, en
l'année 1612 où ils ont effectivement trouvé un détroit
qu'ils ont parcouru jusque vers le 63ᵉ degré de latitude, et
290ᵉ de longitude, où ils ont hiverné vers le 53ᵉ degré et
perdu quelques vaisseaux, comme leur récit en fait foi. Ces
choses me faisant croire ses dires véritables, je les avais dès
lors rapportés à monsieur le Chancelier ; et je l'avais fait
rencontrer à messieurs le maréchal de Brissac, au président
Jeannin, et autres seigneurs de la Cour, lesquels me dirent
qu'il fallait que je vérifie la chose moi-même. Cela fut cause
que je priai le sieur Georges, marchand de La Rochelle,

---

1. La nouvelle dont il se réjouit, et qu'il cherchait vainement
depuis si longtemps, c'est bien entendu la preuve de l'existence de
cette fameuse « mer du Nord ». Les mésaventures des Anglais sont
apportées comme gages de la véracité du récit du témoin, mais ce
n'est évidemment pas cela qui met Champlain en joie.

2. La confiance, la certitude.

3. C'est-à-dire que tous ces éléments faisaient bien illusion et donnaient bien l'apparence du vrai.

de lui offrir une place dans son vaisseau, ce qu'il fit volontiers, non sans lui demander pourquoi il faisait ce voyage, puisqu'il lui était inutile[1] : il lui demanda s'il espérait quelque salaire, et notre homme répondit que non, qu'il n'attendait que la reconnaissance du roi, et qu'il n'entreprenait ce voyage que pour me montrer la mer du Nord, qu'il avait vue. Il fit à La Rochelle une déclaration confirmant cela devant deux notaires.

Or, comme je prenais congé de tous les chefs, le jour de la Pentecôte, les exhortant tous à prier pour moi, je lui dis en leur présence que si ce qu'il m'avait dit auparavant n'était pas vrai, qu'il m'épargnât la peine d'entreprendre ce voyage qui me ferait courir plusieurs dangers. Il confirma encore derechef tout ce qu'il avait dit, en le jurant sur sa vie.

Ainsi, ayant chargé nos canots de vivres, de nos armes et des marchandises à offrir aux sauvages, je partis le lundi 27 mai de l'île Sainte-Hélène avec quatre Français et un sauvage, et quelques coups de petites pièces[2] furent tirés pour me dire adieu ; mais nous n'allâmes ce jour-là qu'au saut Saint-Louis, qui n'est qu'à une lieue au-dessus, à cause du mauvais temps qui ne nous permit pas d'aller plus loin.

Le 29, nous voyageâmes en partie par voie de terre, en partie sur l'eau : il nous fallut porter nos canots, hardes, vivres et armes sur nos épaules, ce qui n'est pas une mince difficulté pour ceux qui n'y sont pas accoutumés. Et après nous être éloignés de deux lieues, nous entrâmes dans un lac qui a environ douze lieues de tour, où se jettent trois rivières : l'une venant de l'ouest, du côté des Ochateguins

---

1. Ce voyage lui est inutile, d'une part parce qu'il l'a déjà fait, d'autre part, parce qu'il n'a pas l'intention d'aller faire du commerce.

2. On tire quelques coups de petites pièces d'artillerie (petits canons) pour saluer le départ.

éloignés du grand saut de cent cinquante ou deux cents lieues ; l'autre du sud, du pays des Iroquois, de pareille distance ; et la dernière du nord, qui vient de chez les Algoumequins et les Nebicerini, aussi à peu près de semblable distance. Cette rivière du nord, suivant le rapport des sauvages, vient de plus loin (environ trois cents lieues) et passe par des terres dont les peuples leur sont inconnus. Ce lac est rempli de belles et grandes îles, qui ne sont faites que de prairies, où il y a plaisir à chasser, la venaison et le gibier y étant en abondance, tout comme le poisson. Le pays qui l'environne est couvert de grandes forêts. Nous allâmes coucher à l'entrée du lac et fîmes des barricades, à cause des Iroquois qui rôdent par ces lieux pour surprendre leurs ennemis ; j'assure que s'ils nous tenaient, ils nous infligeraient les mêmes traitements qu'ils recevraient de notre part, et c'est pourquoi toute la nuit, nous fîmes bonne garde. Le lendemain, je pris la hauteur[1] de ce lieu, qui est de 45 degrés 18 minutes. Sur les trois heures de l'après-midi, nous entrâmes dans la rivière qui vient du nord, et passâmes un petit saut par la terre pour soulager nos canots. Nous restâmes sur une île le reste de la nuit en attendant le jour.

Le dernier jour de mai, nous passâmes par un autre lac qui a sept ou huit lieues de long et trois de large, et où il y a plusieurs îles. Le pays d'alentour est très uni, hormis en quelques endroits où il y a des coteaux couverts de pins. Nous passâmes un saut qui est appelé par ceux du pays « Quenechouan ». Il est rempli de pierres et de rochers, et l'eau y court à grande vitesse : il nous fallut mettre à l'eau et traîner nos canots bord à bord[2] depuis

---

1. Prendre la hauteur : mesurer la position géographique du lieu en faisant le point grâce à des instruments.

2. Les canots sont attachés les uns aux autres avec une corde pour être déplacés plus aisément.

la terre avec une corde. À une demi-lieue de là, nous en passâmes un autre petit à la force des avirons, ce qui
demanda beaucoup efforts : il faut une grande dextérité
pour passer ces sauts en évitant les bouillons[1] et les brisants qui font obstacle, ce que les sauvages font avec une
adresse telle qu'on ne peut la surpasser, trouvant des
détours et passages plus aisés qu'ils reconnaissent d'un
coup d'œil.

Le samedi 1er juin, nous passâmes encore deux autres
sauts : le premier était long d'une demi-lieue, et le
second d'une lieue, et nous eûmes bien des difficultés,
car la rapidité du courant y est si grande qu'elle fait un
bruit effroyable et, descendant de degré en degré, forme
une écume si blanche partout que l'eau n'apparaît plus.
Ce saut est parsemé de rochers et de quelques îles, çà et
là couvertes de pins et de cèdres blancs. Ce fut là où
nous eûmes de la peine, car, ne pouvant porter nos
canots par la terre à cause de l'épaisseur du bois, il nous
les fallait tirer dans l'eau avec des cordes et, en tirant le
mien, j'ai cru périr, car il traversa l'un des bouillons ; et
si je n'étais tombé favorablement entre deux rochers, le
canot m'aurait entraîné, d'autant que je ne pus défaire à
temps la corde qui était entortillée autour de ma main et
qui me la blessa fort — je crus même qu'elle me la coupait. En ce danger, j'appelai Dieu et recommençai à tirer
mon canot, qui me fut renvoyé par le remous de l'eau qui
se fait en ces sauts ; alors, en ayant réchappé, je louai
Dieu, le priant de nous préserver toujours. Notre sauvage vint ensuite pour me secourir, mais j'étais hors de
danger. Et on ne s'étonnera pas de voir à quel point je me
souciais de conserver notre canot car, s'il avait été
perdu, il aurait fallu prendre la décision de s'arrêter ou

---

1. Bouillonnements provoqués par les tourbillons.

d'attendre qu'un sauvage passât par là, ce qui aurait été une attente affreuse pour nous qui n'avions pas de quoi dîner et n'étions pas accoutumés à de telles fatigues. Nos compagnons français ne connurent pas un meilleur sort et pensèrent plusieurs fois être perdus, mais la Divine Bonté nous préserva tous. Le reste de la journée, nous nous reposâmes, ayant assez fait d'efforts.

Le lendemain, nous rencontrâmes dans une rivière, après avoir passé un petit lac long de quatre lieues et large de deux, quinze canots de sauvages appelés Quenongebins. Ils avaient été avertis de ma venue par ceux qui étaient passés au saut Saint-Louis en revenant de la guerre contre les Iroquois. Je fus fort aise de les rencontrer, et eux aussi : ils s'étonnaient de me voir entouré de si peu de gens en ce pays et avec un seul sauvage. Ainsi, après nous être salués à la mode du pays, je les priai de rester parmi nous, afin de leur déclarer mes intentions. Ils acceptèrent et nous allâmes cabaner dans une île.

Le lendemain, je leur fis comprendre que j'étais venu dans leur pays pour les voir et pour m'acquitter de la promesse que je leur avais faite auparavant : s'ils avaient résolu d'aller à la guerre, cela m'agréerait fort, d'autant que j'avais amené des gens dans cette intention, ce qui les rendit très satisfaits. Et leur ayant dit que je voulais continuer plus loin pour avertir les autres peuples, ils voulurent m'en dissuader, disant qu'il y avait un méchant chemin[1] et que nous n'avions encore rien vu jusqu'alors ; je les priai alors de me donner l'un des leurs pour piloter notre deuxième canot et aussi pour nous guider, car nos conducteurs ne connaissaient plus rien à ces territoires. Ils le firent volontiers et, en récompense, je leur fis un présent et je leur donnai l'un de nos Français, le moins nécessaire, que je renvoyai au saut

---

1. Un itinéraire très difficile et plein de pièges.

avec une feuille de tablette[1] sur laquelle, faute de papier, je donnais de mes nouvelles. Ainsi, nous nous séparâmes : et continuant notre route en amont de la rivière, nous en trouvâmes une autre, très belle et spacieuse, qui vient d'une nation appelée Ouescharini, au nord, à quatre journées de son entrée. Cette rivière est très plaisante à cause des belles îles qu'elle contient et des terres garnies de beaux bois clairs qui la bordent ; la terre est bonne pour le labour. Le quatrième jour nous passâmes près d'une autre rivière qui vient du nord et qui va se jeter dans le grand fleuve Saint-Laurent, trois lieues en aval du saut Saint-Louis ; là vivent des peuples appelés Algoumequins. Cette rivière s'étend sur près de quarante lieues et n'est pas très large, mais elle est remplie d'un nombre infini de sauts qui sont très difficiles à passer. Et quelquefois ces peuples passent par cette rivière pour éviter les rencontres avec leurs ennemis, sachant qu'ils ne les rechercheront pas dans ces lieux d'accès si difficile. À son embouchure, il y en a une autre qui vient du sud et où se trouve, à son entrée, une chute d'eau admirable : elle tombe avec une telle impétuosité de vingt ou vingt-cinq brasses de haut qu'elle forme une arcade, ayant en largeur près de quatre cents pas. Les sauvages passent dessous par plaisir, sans se mouiller sinon du poudrin[2] que fait l'eau en tombant. Il y a une île au milieu de la rivière, qui est, comme tout le pays alentour, couverte de pins et de cèdres blancs. Quand les sauvages veulent

---

1. Le mot « tablette » se dit « d'une espèce de petit livre ou agenda qu'on met en poche, qui a quelques feuilles de papier ou de parchemin préparé, sur lesquelles on écrit avec une touche ou un crayon les choses dont on veut se souvenir », selon le dictionnaire de Furetière (1690). De là vient l'expression « conserver sur ses tablettes ».

2. Quand l'eau est aussi fine que de la poudre, les éclaboussures poudroient alentour comme une bruine. Littré classe ce mot dans les termes de marine, le définissant comme une « espèce de pluie que les lames forment en se brisant ; on dit plus souvent embrun ».

entrer dans la rivière, ils gravissent la montagne en portant leurs canots et marchent une demi-lieue par voie de terre. Les terres des environs sont remplies de toutes sortes de gibier, ce qui fait que les sauvages choisissent souvent de s'y arrêter ; les Iroquois y viennent aussi quelquefois les surprendre au passage.

À une lieue de là, nous passâmes un saut large d'une demi-lieue qui descend, en hauteur, de six à sept brasses. Il y a quantité de petites îles qui ne sont que des rochers âpres et difficiles, couverts de petits bois inhospitaliers. L'eau tombe à un endroit sur un rocher avec une telle impétuosité qu'il s'y est creusé au fil du temps un large et profond bassin ; comme l'eau court là-dedans circulairement et y fait au milieu de gros bouillons, les sauvages l'appellent Asticou, mot qui signifie chaudière[1]. Cette chute d'eau fait un tel bruit dans ce bassin qu'on l'entend à plus de deux lieues à la ronde. Lorsqu'ils passent par cet endroit, les sauvages font une cérémonie que nous décrirons en temps utile. Nous eûmes beaucoup de peine à remonter contre un grand courant, à la force de nos rames, pour parvenir au pied de ce saut, où les sauvages prirent les canots, et nos Français et moi nos armes, vivres et autres commodités[2], pour franchir l'âpreté des rochers sur environ un quart de lieue — sur toute l'étendue de ce saut. Aussitôt après, il nous fallut embarquer, puis derechef mettre pied à terre pour traverser des taillis d'environ trois cents pas, puis se remettre à l'eau pour faire passer nos canots par-dessus des rochers aigus, avec toute la peine que l'on

---

1. Une chaudière est un grand chaudron. Le terme est encore utilisé en géologie pour désigner ce dont parle ici Champlain : des « cavités plus ou moins larges, creusées dans le roc vif, et dont la coupe intérieure rappelle plus ou moins celle d'un chaudron » (selon Littré).

2. Ce sont leurs diverses affaires.

peut imaginer. Je pris la hauteur du lieu et trouvai 45 degrés 38 minutes de latitude.

Après midi, nous entrâmes dans un lac ayant cinq lieues de long et deux de large, où il y a de très belles îles remplies de vignes, noyers et autres arbres agréables ; à dix ou douze lieues de là, en amont de la rivière, nous longeâmes plusieurs îles couvertes de pins. La terre est sablonneuse, et il s'y trouve une racine qui teint en couleur cramoisie, de laquelle les sauvages se peignent le visage et certains petits affiquets[1] dont ils ont usage. Il y a aussi une paroi montagneuse le long de cette rivière, et le pays des environs semble assez hostile. Le reste du jour, nous le passâmes dans une île fort agréable.

Le lendemain, nous continuâmes notre chemin jusqu'à un grand saut qui s'étend sur une largeur de près de trois lieues et où l'eau descend sur dix ou douze brasses de hauteur, comme en talus, et fait un bruit merveilleux[2]. Il est rempli d'une infinité d'îles, couvertes de pins et de cèdres. Pour le passer, il fallut nous résoudre à nous séparer de notre maïs ou blé d'Inde, et du peu d'autres vivres que nous avions, ainsi que des hardes les moins nécessaires. Nous gardâmes seulement nos armes et nos filets, qui allaient nous permettre de vivre au gré des lieux et des bonheurs de la chasse. Ainsi allégés, nous passâmes autant à l'aviron que par voie de terre, en portant nos canots et nos armes à travers le saut, qui a une lieue et demie de long. Nos sauvages, qui sont infatigables en ces épreuves et accoutumés à endurer de telles difficultés, nous aidèrent beaucoup. Poursuivant notre route, nous passâmes deux autres sauts, l'un

---

1. Des affiquets sont des objets de parure ou petits bijoux. C'est un mot péjoratif qui désigne le plus souvent des colifichets que l'on juge ridicules.
2. Le mot « merveilleux » signifie que cela dépasse l'entendement : il a ici le sens de « très important », « effroyable ».

par voie de terre, l'autre à la rame et avec des perches en
nous arc-boutant, puis nous entrâmes dans un lac ayant six
ou sept lieues de long, où se jette une rivière venant du
sud, et où, à cinq journées de l'autre rivière, il y a des peuples appelés Matou-ouescarini. Les terres qui environnent
le lac sont sablonneuses et couvertes de pins qui ont presque tous été brûlés par les sauvages. Il y a quelques îles, et
nous nous reposâmes sur l'une d'elles, où nous vîmes plusieurs beaux cyprès rouges, les premiers que je voyais
dans ce pays ; de ce bois, je fis une croix que je plantai à
une extrémité de l'île, en un lieu éminent et bien en vue,
avec les armes de France, comme je l'ai fait dans les autres
lieux où nous avions fait une halte. Je nommai cette île l'île
Sainte-Croix.

Le 6, nous partîmes de cette île Sainte-Croix, là où la
rivière est large d'une lieue et demie, et ayant fait huit à
dix lieues, nous passâmes un petit saut à la rame, et quantité d'îles de différentes grandeurs. Ici nos sauvages laissèrent leurs sacs avec leurs vivres et les choses les moins
nécessaires, afin d'être plus légers pour aller par la terre et
éviter ainsi plusieurs sauts qu'il aurait fallu passer. Il y eut
un grand débat entre nos sauvages et notre imposteur : ce
dernier affirmait qu'il n'y avait aucun danger par les sauts
et qu'il fallait y passer ; nos sauvages lui disaient : « Tu es
lassé de vivre ? ! » — et ils me disaient, à moi, que je ne
devais pas le croire, qu'il ne disait pas la vérité. Ainsi ayant
remarqué plusieurs fois qu'il n'avait aucune connaissance
de ces lieux, je suivis l'avis des sauvages. Et bien m'en prit,
car il cherchait des difficultés pour me perdre, ou pour me
dégoûter de l'entreprise, comme il l'a confessé depuis, mais
j'en reparlerai plus loin. Nous traversâmes donc à l'ouest
la rivière qui courait au nord, et je pris la hauteur de ce lieu
qui était par 46 degré 2/3 de latitude. Nous eûmes beaucoup de peine à faire ce chemin par la terre ; étant chargé

seulement pour ma part de trois arquebuses, d'autant d'avirons, de mon capot[1] et de quelques bagatelles, j'encourageais
nos gens qui étaient à peine plus chargés, mais en vérité
plus gênés par les moustiques que par leur charge. Ainsi,
après avoir passé quatre petits étangs et cheminé deux
lieues et demie, nous étions si fatigués qu'il nous était
impossible d'aller plus loin, parce qu'il y avait plus de vingt-
quatre heures que nous n'avions rien mangé d'autre qu'un
peu de poisson rôti, sans autre sauce[2], puisque nous avions
abandonné nos vivres, comme je l'ai dit plus haut. Ainsi
nous nous reposâmes sur le bord d'un étang qui était assez
agréable, et nous fîmes du feu pour chasser les moustiques
qui nous tourmentaient fort — ces bêtes sont si extraor-
dinairement importunes qu'il est impossible d'en pouvoir
donner une description. Nous tendîmes nos filets pour
prendre quelques poissons.

Le lendemain, nous passâmes cet étang qui pouvait avoir
une lieue de long et puis, par voie de terre, nous cheminâ-
mes trois lieues par des pays plus difficiles que tous ceux
que nous avions vus jusque-là, parce que les vents avaient
abattu les pins les uns sur les autres ; ce n'était pas une
mince incommodité, car il fallait passer tantôt par-dessus
et tantôt par-dessous ces arbres. Ainsi, nous parvînmes à
un lac ayant six lieues de long et deux de large, très abondant en poissons, c'est la raison pour laquelle les peuples
des environs viennent pour y pêcher. Près de ce lac, il y a
une habitation de sauvages qui cultivent la terre et récoltent
du maïs : le chef se nomme Nibachis et il vint nous voir

---

1. Sorte de cape à capuche, permettant de se protéger du froid et
de la pluie.
2. Le mot « sauce » désigne ici non pas une sauce au sens littéral,
mais un accompagnement au sens large (légume ou autre), pour ce
poisson qui a été mangé seul, sans autre aliment pour compléter le
repas et le rendre plus nourrissant.

avec sa troupe. Il était émerveillé de la façon dont nous avions pu passer les sauts et les mauvais chemins qu'il y avait pour parvenir jusqu'à eux. Et, après nous avoir présenté du pétun selon leur coutume, il commença à haranguer[1] ses compagnons, leur disant qu'il fallait[2] que nous fussions tombés des nues, car il ne savait pas comment nous avions pu passer, puisque eux, pourtant habitants du pays, avaient beaucoup de peine à traverser ces mauvais passages. Il leur faisait comprendre que je venais à bout de tout ce que voulait mon esprit, bref, il croyait de moi ce que les autres sauvages lui en avaient dit. Et sachant que nous avions faim, ils nous donnèrent du poisson que nous mangeâmes. Après le dîner, je lui fis savoir, par Thomas mon truchement[3], le plaisir que j'avais de les avoir rencontrés. Je leur fis entendre que j'étais en ce pays pour les assister en leurs guerres et que je désirais aller plus loin voir d'autres capitaines dans ce même projet, ce qui les réjouit : ils me promirent assistance. Ils me montrèrent leurs jardins et leurs champs où il y avait du maïs. Leur terrain est sablonneux, c'est pourquoi ils s'adonnent plus à la chasse qu'au travail des champs, au contraire des Ochateguins. Quand ils veulent rendre un terrain labourable, ils brûlent des arbres, très aisément car ce ne sont que des pins chargés de résine. Une fois le bois brûlé, ils remuent un peu la terre et plantent leur maïs grain à grain, comme ceux de la Floride ; le maïs n'était haut, pour lors, que de quatre doigts.

1. Faire un discours à ses compagnons.
2. Il ne s'agit pas d'une obligation. Le verbe falloir, pris dans son sens modal, signifie ici que pour le chef il n'y a pas d'autre possibilité, c'est la seule hypothèse plausible : nous « devions » (au sens modal du verbe « devoir ») être tombés des nues.
3. Un truchement est un interprète dont la fonction est de traduire les discours ; souvent les truchements ont vécu dans les tribus indiennes et connaissent bien les coutumes et les lieux.

Chapitre 4

On pensa que j'étais un songe...
et l'on dévoila un mensonge

Nibachis fit équiper deux canots pour m'emmener voir un autre capitaine nommé Tessoüat, qui demeurait à huit lieues de là, sur le bord d'un grand lac, par où passe la rivière que nous avions laissée et qui repart vers le nord. Ainsi, nous traversâmes le lac à l'ouest-nord-ouest, sur près de sept lieues, puis, ayant mis pied à terre, nous fîmes une lieue vers le nord-est à travers d'assez beaux pays, où il y a de petits sentiers battus[1] par lesquels on peut passer aisément ; enfin, nous arrivâmes sur la rive de ce lac où se tenait l'habitation de Tessoüat. Il était avec un autre chef du voisinage et fut tout étonné de me voir, au point qu'il nous dit qu'il pensait que j'étais un songe et qu'il ne croyait pas ce qu'il voyait. De là, nous passâmes sur une île, où leurs cabanes sont assez mal couvertes d'écorces d'arbres ; l'île est remplie de chênes, de pins et d'ormeaux, et n'est pas sujette aux inondations comme le sont les autres îles du lac. Cette île est forte[2] par sa situation, car à ses deux extrémités et à l'endroit où la rivière se jette dans le lac, il y a des sauts dangereux, et leur âpreté constitue une défense naturelle qui la protège. Ils s'y sont installés pour

---

1. Un sentier battu est un sentier fort fréquenté, battu par les pas en quelque sorte, donc peu broussailleux, et bien entretenu par le passage des marcheurs.
2. Forte signifie ici défensive. Le site est protégé par des défenses naturelles (les sauts) à la manière d'une place « forte » et rend inutile toute barricade et autre procédé défensif.

éviter d'être poursuivis par leurs ennemis. Elle est par 47 degrés de latitude, comme le lac, qui a vingt lieues de long et trois ou quatre de large ; il est abondant en poissons, mais la chasse n'y est pas très bonne.

Alors que je visitais l'île, j'aperçus leurs cimetières et j'en fus ravi d'admiration, voyant des sépulcres de forme semblable à des trophées[1], faits de pièces de bois croisées par en haut et fichées en terre, à la distance de trois pieds environ. Sur les parties croisées, en haut, ils mettent une grosse pièce de bois et, au-devant, une autre tout debout, sur laquelle est gravée grossièrement (comme on peut bien l'imaginer) la figure de celui ou de celle qui y est enterré. Si c'est un homme, ils y mettent une rondache, une épée emmanchée à leur mode[2], une massue[3], un arc et des flèches ; s'il est capitaine, il aura un panache sur la tête et quelque autre matachia[4] ou ornement. Si c'est un enfant, ils lui donnent un arc et une flèche ; si c'est une femme, ou une fille, un chaudron, un pot de terre, une cuillère de bois et un aviron. Tout le tombeau est long de cinq ou six pieds et large de quatre, tout au plus. Ils sont peints de jaune et de rouge, avec plusieurs ouvrages aussi délicats[5] que de la sculpture. Le mort est enseveli dans sa robe de castor ou d'autres peaux dont il se servait pendant sa vie, et ils disposent auprès de lui toutes ses richesses, comme ses haches, couteaux, chaudrons et outils, afin que ces choses lui servent au pays où il va : car ils croient en l'immortalité de

---

1. Les trophées, en Europe, sont des monuments édifiés à la gloire d'un chef ayant remporté une bataille, par exemple, et consistent en un assemblage d'armes en faisceaux, de boucliers, etc.

2. À leur façon. Les épées ont souvent leur manche décoré de plumes. Une rondache est un bouclier.

3. Une massue casse-tête : arme en bois très lourd, terminée par une boule pour mieux assommer l'adversaire.

4. Collier, écharpe ou bracelet fait de perles de coquillages.

5. Soignés dans leur exécution.

l'âme, comme je l'ai dit autre part. Ces sépulcres gravés ne se font que pour les guerriers, car aux autres — peu nombreux —, ils n'y mettent rien de plus que ce qu'ils mettent aux femmes, comme s'ils les considéraient comme des hommes inutiles.

Champlain convie les chefs dans la cabane de Tessoüat pour leur exposer ses projets.

Le lendemain, tous les chefs conviés vinrent chacun avec son écuelle de bois et sa cuillère et, sans ordre ni cérémonie, ils s'assirent par terre dans la cabane de Tessoüat qui leur distribua une espèce de bouillie faite de maïs écrasé entre deux pierres, avec de la viande et du poisson, coupés en petits morceaux, le tout cuit ensemble et sans sel. Il distribua aussi de la viande rôtie sur des charbons et du poisson bouilli à part. Et, en ce qui me concerne, comme je ne voulais point de leur bouillie, parce qu'ils cuisinent fort mal, je leur demandai du poisson et de la viande, pour l'accommoder à ma façon ; ils m'en donnèrent. À boire, nous avions de la belle eau claire. Comme il préparait la tabagie, Tessoüat discutait avec nous sans manger, suivant leur coutume. Une fois la tabagie prête, les jeunes hommes, qui n'assistent pas aux harangues et conseils et qui aux tabagies demeurent à la porte des cabanes, sortirent ; puis chacun de ceux qui étaient restés commença à garnir son pétunoir. Les uns et les autres m'en présentèrent et nous employâmes une grande demi-heure à cet exercice, sans dire un seul mot, selon leur coutume.

Après avoir, dans un long silence, amplement pétuné, je leur fis comprendre par mon truchement que l'objet de mon voyage n'était autre que de les assurer de mon affection et du désir que j'avais de les assister dans leurs guerres, comme je l'avais fait auparavant. Que ce qui m'avait empê-

ché l'année dernière de venir ainsi que je le leur avais promis, c'était le roi, qui m'avait occupé à d'autres guerres,
mais qui maintenant m'avait ordonné de leur rendre visite
et de les assurer de ces choses ; j'avais dans ce but des
hommes en nombre au saut Saint-Louis. J'étais donc venu
visiter leur pays pour considérer la fertilité de la terre, les
lacs, les rivières et la mer qu'ils m'avaient dit y être ; et je
désirais voir une nation distante de six journées de la leur,
nommée Nebicerini, pour la convier aussi à la guerre ; pour
cela, je les priai de me donner quatre canots avec huit sauvages pour me conduire vers ces terres. Et comme les
Algoumequins ne sont pas les grands amis des Nebicerini,
ils semblaient m'écouter avec la plus grande attention. Mon
discours achevé, ils commencèrent immédiatement à pétuner
et à deviser[1] tout bas ensemble au sujet de mes propositions.
Puis, Tessoüat prit la parole au nom de tous et dit qu'ils
m'avaient toujours considéré comme quelqu'un qui leur
témoignait de l'intérêt, plus que tous les autres Français qu'ils
avaient rencontrés, et que les preuves qu'ils en avaient eues
par le passé facilitaient la confiance en l'avenir ; de plus, il
affirma que j'avais montré que j'étais bien leur ami, puisque
j'avais passé tant de hasards[2] pour venir les voir et les convier
à la guerre : toutes ces choses les engageaient à me vouloir autant de bien qu'à leurs propres enfants. Il ajouta que,
toutefois, l'année dernière, je leur avais manqué de parole,
et que deux mille sauvages étaient venus au saut dans
l'intention de me retrouver pour aller à la guerre et me
faire des présents et, ne m'ayant pas trouvé, ils avaient été
fort attristés. Ils m'avaient cru mort, ainsi que quelques-uns
le leur avaient dit ; ils dirent aussi que les Français qui

---

1. Un devis est un propos ; deviser signifie converser.
2. Les « hasards » sont les périls dans lesquels on s'est « hasardé »,
mettant en jeu sa vie.

étaient au saut n'avaient pas voulu les assister dans leurs guerres et que certains Français les avaient maltraités, de sorte qu'ils avaient résolu, entre eux, de ne plus revenir au saut. N'ayant plus l'espoir de me voir, tout cela les avait obligés à aller à la guerre seuls et, de fait, mille deux cents des leurs y étaient encore. La plupart des guerriers étant donc absents, ils me priaient de remettre le combat à l'année suivante : ils le feraient savoir à tous ceux de la contrée. Pour ce qui était des quatre canots que je demandais, ils me les accordèrent, mais avec de grandes difficultés, me disant qu'une telle entreprise leur déplaisait beaucoup à cause des peines que j'y endurerais ; que les peuples de là-bas étaient des sorciers, et qu'ils avaient fait mourir beaucoup des leurs par sorts et empoisonnements et que, à cause de cela, ils n'étaient pas amis. De plus, pour la guerre, je n'avais pas intérêt à avoir affaire à ces peuples-là, car leur courage était mince et ils voulurent m'en détourner avec plusieurs autres propos.

Moi, de mon côté, comme je n'avais pas d'autre désir que de voir ces peuples pour me lier d'amitié afin de voir la mer du Nord, je levai tous leurs obstacles en leur disant que ce pays n'était pas très éloigné et que pour les mauvais passages, ils ne pouvaient être plus dangereux que ceux que j'avais passés jusqu'à présent. Quant au pouvoir de leurs sortilèges, il n'aurait aucune puissance pour me faire du tort, car mon Dieu m'en préserverait ; j'ajoutais que je connaissais aussi leurs herbes et que donc je me garderais d'en manger ; que je voulais m'en faire des amis et que je leur ferais des présents dans cette intention, si je m'assurais qu'ils étaient prêts à faire quelque chose pour moi. Grâce à ces raisons, ils m'accordèrent, comme je l'avais demandé, quatre canots, ce qui me rendit très joyeux, oubliant toutes les peines passées dans l'espérance que j'avais de voir cette mer tant désirée.

Pour passer le reste du jour, je m'en allai me promener dans leurs jardins, qui n'étaient remplis que de quelques citrouilles, fèves et de nos pois qu'ils commencent à cultiver. C'est alors que Thomas, mon truchement, qui connaît bien leur langue, vint me trouver pour m'avertir que ces sauvages, après que je les eus quittés, avaient songé que si j'entreprenais ce voyage, j'allais mourir et eux aussi. Ils ne pouvaient me donner les canots promis, d'autant qu'aucun d'entre eux n'était volontaire pour me conduire ; mais ils voulaient que je remette ce voyage à l'année suivante et ils m'y mèneraient alors en équipage suffisant pour se défendre contre les autres peuples, si mauvais, s'ils nous voulaient du mal. Cette nouvelle m'affligea fortement, et aussitôt j'allai les trouver ; je leur dis que je les avais jusqu'à ce jour estimés hommes disant la vérité, et que maintenant ils se montraient enfants et menteurs, et que s'ils n'avaient pas l'intention de tenir leurs promesses, qu'ils ne fassent pas semblant de me donner leur amitié ; toutefois, s'ils se sentaient embarrassés par la perspective de donner quatre canots, qu'ils ne m'en donnent que deux et seulement quatre sauvages.

Ils me représentèrent derechef la difficulté des passages, le nombre des sauts, la méchanceté de ces peuples et m'affirmèrent que c'était par crainte de me perdre qu'ils me faisaient ce refus. Je leur répondis que j'étais fâché de voir qu'ils se montraient si peu amicaux et que je n'aurais jamais imaginé cela ; que j'avais un garçon (leur montrant mon imposteur) qui avait été dans leur pays et n'avait pas rencontré toutes les difficultés qu'ils évoquaient ni trouvé des peuples si mauvais qu'ils le disaient. Alors ils commencèrent à le regarder et, en particulier, Tessoüat, le vieux capitaine avec lequel il avait hiverné, et l'appelant par son nom, il lui dit dans sa langue : « Nicolas, est-il vrai que tu as dit avoir été aux Nebicerini ? » Il resta longtemps sans parler, puis répondit dans leur langue qu'il parle parfaitement : « Oui, j'y ai été. » Aussitôt, ils le regardèrent de travers et, se jetant sur lui comme s'ils avaient voulu le manger ou le déchirer, ils poussèrent de grands cris, et Tessoüat lui dit : « Tu es assurément un menteur, tu sais bien que tous les soirs, tu couchais à mes côtés avec mes enfants, et tous les matins, tu t'y levais. Si tu as été vers ces peuples, ça a été en dormant[1]. Comment as-tu été si impudent pour avoir laissé entendre à ton chef des mensonges et si méchant de vouloir hasarder[2] sa vie parmi tant de dangers ? Tu es un homme perdu, il devrait te faire mourir plus cruellement que nous ne le faisons avec nos ennemis. Je ne m'étonne plus qu'il nous ait tant importunés, se fiant à tes paroles. » À ce moment, je lui dis qu'il avait à répondre à ces peuples et, puisqu'il avait été en ces terres, qu'il devait en donner des preuves pour m'en convaincre et me tirer de la peine où il m'avait mise ; mais il demeura muet et tout éperdu. Alors, je le tirai à l'écart et le conjurai de me dire la vérité : s'il avait vu cette mer, je lui ferais donner la récompense que je lui avais promise, et s'il ne l'avait pas vue, il devait me le dire sans me donner davantage de peine. Derechef, il jura et affirma tout ce qu'il avait déjà dit, et confirma qu'il me la ferait voir, si ces sauvages voulaient bien donner les canots.

Sur ces discours, Thomas vint m'avertir que les sauvages de l'île envoyaient secrètement un canot aux Nebicerini pour les avertir de mon arrivée. Alors, je saisis cette occasion pour aller trouver les sauvages et leur dire que j'avais rêvé cette nuit qu'ils voulaient envoyer un canot aux Nebicerini sans m'en avertir, ce dont j'étais étonné, vu qu'ils

---

1. C'est-à-dire en rêve.
2. Mettre en péril, jouer sa vie comme aux dés, en la soumettant aux lois du hasard.

savaient que j'avais la volonté d'y aller : à quoi ils me répondirent qu'ils étaient fort offensés de me voir accorder plus de confiance à un menteur qui voulait me faire mourir, plutôt qu'à tant de braves capitaines qui étaient mes amis et à qui ma vie était chère. Je leur répliquai que mon homme (parlant de notre imposteur) avait été en cette contrée avec un parent de Tessoüat et avait vu la mer, le bris et fracas d'un vaisseau anglais, et même quatre-vingts têtes que les sauvages avaient prises, et même un jeune garçon anglais qu'ils tenaient prisonnier et dont ils voulaient me faire présent. Ils s'écrièrent plus que jamais, entendant parler de la mer, des vaisseaux, des têtes des Anglais et du prisonnier, que c'était un menteur, et c'est ce nom qu'ils lui donnèrent désormais, comme la plus grande injure qu'ils pouvaient lui faire. Ils étaient tous d'accord pour dire qu'il fallait le faire mourir s'il ne disait pas avec qui il y avait été, s'il ne déclarait par quels lacs, rivières et chemins il était passé ; à quoi il répondit qu'assurément il avait oublié le nom du sauvage — alors qu'il me l'avait nommé plus de vingt fois, et même encore la veille. Pour les détails du pays, il les avait décrits sur un papier qu'il m'avait donné. Alors, je présentai la carte et la fis interpréter aux sauvages qui interrogèrent son auteur, mais il ne donna aucune réponse, et par son morne silence sa méchanceté[1] fut manifeste.

Mon esprit voguant en incertitude, je me retirai à part et me représentai les détails déjà donnés du voyage des Anglais ; les discours de notre menteur étaient vraisemblables, aussi y avait-il peu d'apparence que ce garçon ait inventé tout cela, parce que, dans ce cas, pourquoi aurait-il voulu entreprendre le voyage avec moi ? Je pouvais

---

1. Ce mot désigne en même temps le fait d'être méchant (malveillant) et de manifester de la malhonnêteté.

croire qu'il avait bel et bien vu ces choses, mais que son ignorance ne lui permettait pas de répondre aux interrogations des sauvages. Sans compter aussi que si le récit au sujet des Anglais était véritable, cela supposait que la mer du Nord n'était pas éloignée de ces terres de plus de cent lieues de latitude, car j'étais sous la hauteur de 47 degrés de latitude et 296 de longitude. On pouvait du reste imaginer que la difficulté de passer les sauts et l'âpreté des montagnes remplies de neige fassent que ces peuples-ci n'avaient aucune connaissance de cette mer. Ils m'avaient pourtant toujours bien dit que du pays des Ochateguins, il n'y avait que trente-cinq ou quarante journées jusqu'à la mer qui se voit en trois endroits, ce qu'ils m'avaient encore assuré cette année. Toutefois, aucun ne m'avait jamais parlé de cette mer du Nord, sauf ce menteur, dont les paroles, qui m'annonçaient qu'elle était en fait toute proche, m'avaient fort réjoui. Or, comme le canot se préparait, je fis appeler mon menteur devant ses compagnons ; en lui rappelant tout ce qui s'était passé, je lui dis qu'il n'était plus question de dissimuler et qu'il fallait dire s'il avait vu les choses qu'il avait dites, ou non ; je lui dis que souhaitant saisir l'occasion qui se présentait, j'étais prêt à oublier tout ce qui s'était passé, mais que si je poursuivais ma route[1], je le ferais pendre et étrangler sans aucune pitié. Après avoir réfléchi à son sort, il se jeta à genoux et me demanda pardon, disant que tout ce qu'il avait dit, tant en France qu'en ce pays, au sujet de cette mer, était faux : qu'il ne l'avait jamais vue, et qu'il n'avait pas été plus loin que le village de Tessoüat, qu'il n'avait dit ces choses que pour

---

1. Si Champlain va plus loin dans les terres, s'il continue, au péril de sa vie, sur la foi des témoignages du menteur et que ce dernier persiste à mentir, aucune indulgence ne sera plus envisageable.

retourner au Canada. Ainsi, transporté de colère, je le fis
se retirer, ne pouvant plus supporter de le voir devant moi,
donnant charge à Thomas de s'enquérir de tous les
détails. C'est à ce dernier qu'il continua de dire qu'il
pensait qu'il ne fallait pas que j'entreprenne ce voyage, à
cause des dangers ; il avait cru que quelque difficulté
m'aurait empêché de passer, comme celle de ces sauvages qui ne voulaient pas me donner des canots. Il avait
pensé qu'alors on aurait remis le voyage à une autre
année et que, de retour en France, il aurait eu une
récompense pour sa découverte ; il déclara que si je
voulais le laisser dans le pays, il irait si loin qu'il la trouverait, cette mer, quand bien même il devrait en mourir.
Ce sont ces paroles qui me furent rapportées par Thomas et elles me déplurent beaucoup, tant j'étais émerveillé[1] de l'effronterie et de la malhonnêteté de ce
menteur. Je ne puis m'imaginer comment il avait pu for-
ger une telle imposture : sans doute après avoir entendu
parler du voyage des Anglais déjà mentionné, et sur l'espérance d'obtenir une récompense, comme il l'a dit, avait-il
eu la témérité de mettre tout cela en avant. Peu de
temps après, j'allai avertir les sauvages, à mon grand
regret, de la malice de ce menteur et je leur dis qu'il
m'avait confessé la vérité, ce dont ils furent joyeux, me
reprochant le peu de confiance que j'avais eue en eux qui
étaient pourtant capitaines, et de surcroît mes amis,
et qui disaient toujours la vérité. Selon eux, il fallait
faire mourir ce menteur qui était grandement malicieux.
Ils me disaient : « Ne vois-tu pas qu'il a voulu te faire

---

1. Émerveillé est à comprendre ici au sens fort de effaré, médusé,
estomaqué. Champlain n'arrive pas à le croire, comme s'il était
devant une merveille qui l'étonne au plus haut point. À l'époque, le
mot ne se rapporte pas seulement à un étonnement admiratif, mais
s'applique à tout étonnement radical, comme on le voit ici.

mourir ? Donne-le-nous, et nous te promettons qu'il ne mentira plus. » Et comme ils étaient tous après lui, criant, et leurs enfants encore plus, je leur défendis de lui faire du mal et je leur demandai aussi d'empêcher leurs enfants de lui en faire, d'autant que je voulais le ramener au saut pour le faire voir à ces messieurs auxquels il devait porter de l'eau salée[1] ; c'est à ce moment que j'aviserais de ce qu'on ferait de lui.

Mon voyage étant achevé par cette voie, et sans aucune espérance de voir la mer de ce côté-là, sinon par conjecture, il m'est resté le regret de n'avoir pas mieux employé ce temps, sans compter les souffrances et les épreuves qu'il m'avait fallu néanmoins endurer avec sang-froid. Si je m'étais engagé dans l'autre direction, en suivant les récits des sauvages, j'aurais du moins ébauché une affaire qu'il fallait désormais remettre à une autre fois. N'ayant pour l'heure d'autre désir que de m'en retourner, je conviai les sauvages à venir au saut Saint-Louis, où il y avait quatre vaisseaux remplis de toutes sortes de marchandises et où ils recevraient un bon accueil — ce qu'ils firent savoir à tous leurs voisins. Avant de partir, je fis une croix de cèdre blanc que je plantai sur le bord du lac en un lieu éminent, avec les armes de France, et je priai les sauvages de bien vouloir la conserver, tout comme celles qu'ils trouveraient le long des chemins où nous avions passé ; j'assurai que s'ils les détruisaient, il leur arriverait malheur, et que s'ils les conservaient, ils ne seraient pas assaillis par leurs ennemis. Ils me promirent d'en prendre soin, m'assurant que je les trouverais intactes quand je reviendrais chez eux.

---

1. Il avait dû promettre aux commanditaires compagnons de Champlain de leur rapporter de l'eau de cette fameuse mer vers laquelle il devait les guider tous.

Chapitre 5
Péripéties du retour

Le 10 juin, je pris congé de Tessoüat, ce bon et vieux capitaine, je lui fis quelques présents et lui promis, si Dieu me préservait en bonne santé, de revenir l'année suivante avec un équipage pour aller à la guerre ; et lui me promit d'assembler un grand peuple pour ce moment-là, disant que je ne verrais que des sauvages et des armes qui me donneraient satisfaction, et il m'offrit son fils pour m'accompagner. Ainsi nous partîmes avec quarante canots et passâmes par la rivière que nous avions laissée, qui court vers le nord, où nous mîmes pied à terre pour traverser les lacs. En chemin, nous rencontrâmes neuf grands canots des Ouescharini, avec quarante hommes forts et puissants qui venaient aux nouvelles, et puis d'autres que nous rencontrâmes aussi, ce qui faisait en tout soixante canots, sans compter les vingt autres qui étaient partis devant, chacun ayant beaucoup de marchandises.

Nous passâmes six ou sept sauts depuis l'île des Algoumequins jusqu'au petit saut, pays fort désagréable. Je compris bien que si nous étions venus par là, nous aurions eu beaucoup plus de difficulté, et c'est malaisément que nous serions passés. Ce n'était donc pas sans raison que les sauvages s'emportaient contre notre menteur qui ne cherchait qu'à me perdre.

Continuant notre chemin dix ou douze lieues au-dessous de l'île des Algoumequins, nous nous reposâmes sur une île fort agréable, couverte de vignes et de noyers, où nous pêchâmes de beaux poissons. Vers minuit, arrivèrent deux canots qui venaient de plus loin, de retour de la pêche, et qui racontèrent avoir vu quatre canots ennemis. Aussitôt, on dépêcha trois canots pour partir en reconnaissance, mais ils revinrent sans avoir rien vu. Fort de cette certitude, chacun prit du repos, excepté les femmes qui résolurent de passer la nuit dans leurs canots, ne se trouvant pas rassurées à terre. Une heure avant le jour, un sauvage, ayant vu en songe que les ennemis l'assaillaient, se leva en sursaut, puis se mit à courir vers l'eau pour se sauver, criant : « On me tue ! » Ceux de sa bande s'éveillèrent tout étourdis et, croyant être poursuivis par leurs ennemis, se jetèrent à l'eau ; l'un de nos Français fit de même, il croyait qu'on l'assommait. À ce grand bruit, nous qui étions éloignés fûmes aussitôt éveillés et, sans nous poser aucune question, nous accourûmes vers eux. Mais en les voyant dans l'eau, errant çà et là, nous étions fort étonnés, ne les voyant poursuivis d'aucun ennemi, ni en état de se défendre si cela avait été le cas, mais seulement prêts à se perdre. Après que j'eus interrogé notre Français sur la cause de cette émotion, il me dit qu'un sauvage avait fait un songe et, pour se sauver, lui aussi s'était jeté à l'eau avec les autres, croyant avoir été frappé. Ayant ainsi compris ce que c'était, tout se termina dans la risée générale.

En continuant notre chemin, nous parvînmes au saut de la chaudière, où les sauvages firent leur cérémonie accoutumée, que voici : après avoir porté leurs canots au bas du saut, ils s'assemblent en un lieu, où l'un d'entre eux avec un plat de bois va faire la quête, et chacun d'eux met dans ce plat un morceau de pétun. La quête faite, le plat est mis au milieu de la troupe, et tous dansent autour en chantant à leur mode[1]. Puis l'un des capitaines fait une harangue, exposant que depuis longtemps ils ont eu la coutume de

----

1. Selon leurs coutumes.

faire cette offrande et que, par ce moyen, ils sont protégés
de leurs ennemis, qu'autrement il leur arriverait malheur,
ainsi que le diable les en a persuadés. Ils vivent avec cette
superstition, comme avec plusieurs autres, comme nous
l'avons dit ailleurs. Cela fait, le harangueur prend le plat et
va jeter le pétun au milieu de la chaudière, alors ils pous-
sent un grand cri tous ensemble. Ces pauvres gens sont si
superstitieux qu'ils n'imagineraient pas pouvoir faire un
bon voyage s'ils n'avaient pas fait cette cérémonie en ce
lieu, pour se prémunir contre leurs ennemis : ils craignent
que ces derniers, n'osant pas aller plus avant à cause des
mauvais chemins, les attendent et les surprennent à ce passage, comme ils l'ont fait quelquefois. Le lendemain, nous
abordâmes sur une île qui est à l'entrée du lac, distante du
grand saut Saint-Louis de sept à huit lieues où, la nuit, pendant notre repos, nous eûmes une autre alarme : les sauvages croyaient avoir vu des canots de leurs ennemis. Cela
leur fit faire plusieurs grands feux que je leur fis éteindre,
leur expliquant l'inconvénient qui pouvait en résulter, à
savoir qu'au lieu de se cacher ils se rendraient visibles.

Le 17 juin, nous arrivâmes au saut Saint-Louis où je trouvai l'Ange qui était venu au-devant de moi dans un canot,
pour m'avertir que le sieur de Maison-Neuve de Saint-Malo
avait apporté un passeport de Monseigneur le Prince
pour trois vaisseaux. En attendant de le voir, je fis assembler tous les sauvages pour leur faire savoir que je ne
désirais pas qu'ils traitassent la moindre marchandise sans
ma permission et que, pour les vivres, je leur en ferais donner sitôt que nous serions arrivés : ce qu'ils me promirent,
disant qu'ils étaient mes amis. Ainsi, poursuivant notre chemin, nous arrivâmes aux barques et nous fûmes salués de
quelques canonnades, ce dont quelques-uns de nos sauvages furent très joyeux et d'autres fort étonnés, n'ayant
jamais entendu une telle musique. Ayant mis pied à terre,

Maison-Neuve vint me trouver avec le passeport de Monseigneur le Prince ; aussitôt que je l'eus vu, je le laissai jouir, avec les siens, du bénéfice de ce passeport, comme nous autres, et je fis dire aux sauvages qu'ils pourraient traiter le lendemain.

Ayant vu tous les chefs, et ayant raconté par le menu tous les détails de mon voyage et la malice de notre menteur, ce dont ils furent stupéfaits, je les priai de s'assembler afin qu'en leur présence, des sauvages et de ses compagnons, celui-ci déclarât sa méchanceté. Une fois assemblés, ils le firent venir et l'interrogèrent en lui demandant pourquoi il ne m'avait pas montré la mer du Nord, comme il l'avait promis à son départ. Il leur répondit qu'il avait promis une chose qui lui était impossible, puisqu'il n'avait jamais vu cette mer, et que c'était le désir de faire le voyage qui lui avait fait dire cela. Il ajouta qu'il pensait qu'il ne fallait pas que j'entreprenne ce voyage et il les priait de bien vouloir lui pardonner. Il me demanda de nouveau la même chose, confessant avoir commis une très grande faute. Il dit que si je voulais bien le laisser au pays, il ferait tant par son labeur qu'il réparerait cette faute, qu'il verrait cette mer et en rapporterait des nouvelles certaines l'année suivante. Et comme cela méritait considération[1], je lui pardonnai à cette condition.

Après leur avoir raconté par le menu le bon traitement que j'avais reçu dans les demeures de ces sauvages et mon occupation journalière, je m'enquis aussi de ce qu'ils avaient fait pendant mon absence et de leurs exercices, comme la chasse, où ils avaient fait de tels progrès que souvent ils rapportaient six cerfs. Une fois, entre autres le jour de la Saint-Barnabé, le sieur du Parc, y étant parti

---

1. Méritait, par l'intérêt que cela pouvait avoir, qu'on le considère sérieusement.

avec deux autres, en tua neuf. Ils ne sont pas du tout semblables aux nôtres, il y en a différentes espèces, les uns plus grands, les autres plus petits, ressemblant fort à nos daims. Ils avaient aussi une si grande quantité de palombes qu'il était impossible d'en avoir plus et ils n'avaient pas moins de poissons (des brochets, carpes, esturgeons, aloses, barbeaux, tortues, bars et d'autres qui me sont inconnus) dont ils dînaient et soupaient tous les jours. Aussi étaient-ils tous en meilleure forme que moi qui étais affaibli par les épreuves et la contrariété que j'avais eues, et qui n'avais mangé souvent qu'une seule fois par jour du poisson mal cuit et à demi rôti.

Après que les sauvages eurent traité leurs marchandises et qu'ils eurent résolu de s'en retourner, je les priai d'emmener avec eux deux jeunes hommes pour entretenir notre amitié et leur faire voir le pays. Il était convenu qu'ils les ramèneraient ensuite. Mais ils firent de grandes difficultés à cela, me rappelant la peine que m'avait donnée notre menteur, craignant qu'ils me fassent ensuite de faux rapports comme lui en avait fait. Je leur répondis que ceux-ci étaient gens de bien et parlant vrai et que, s'ils ne voulaient pas les emmener, ils n'étaient plus mes amis : c'est ainsi qu'ils s'y résolurent. Quant à notre menteur, aucun de ces sauvages n'en voulut, malgré les prières que je leur fis, et nous le laissâmes à la grâce de Dieu.

Voyant que je n'avais plus rien à faire en ce pays, je résolus de repartir dans le premier vaisseau qui retournerait en France. Le sieur de Maison-Neuve ayant le sien prêt, il me proposa la traversée et j'acceptai. Le 27 juin, avec le sieur l'Ange, nous partîmes du saut, où nous laissâmes les autres vaisseaux attendre le retour des sauvages qui étaient à la guerre. Nous arrivâmes à Tadoussac le 6 juillet. Le 8 août, le temps fut favorable pour notre départ. Le 18, nous sortîmes de Gaspé à l'île Percée. Le 28, nous étions sur le grand banc, où se fait la pêche au poisson vert[1] et où l'on prit du poisson tant qu'on voulut. Le 26 août, nous arrivâmes à Saint-Malo où je vis les marchands à qui j'exposai combien il était facile de faire une bonne association pour l'avenir, ce à quoi ils s'étaient résolus, comme l'ont fait ceux de Rouen et de La Rochelle, après avoir reconnu que ce règlement était nécessaire — sans lui il est impossible d'espérer quelque profit que ce soit de ces terres. Dieu par Sa grâce fasse prospérer cette entreprise à Son honneur, à Sa gloire, à la conversion de ces pauvres aveugles et au bien et honneur de la France.

1. C'est parfois ainsi qu'est nommée la morue.

Table des voyages

Du tableau

au texte

Bertrand Leclair

Du tableau au texte

L'officier et la jeune fille riant,
de Johannes Vermeer

*… un précieux témoignage des bouleversements rapides
qu'ont provoqués les grandes découvertes…*

L'officier et la jeune fille riant, peint vers 1658, n'est pas
seulement l'un des premiers chefs-d'œuvre de Johannes
Vermeer, dit Vermeer de Delft (1632-1675). Cette toile
de dimensions modestes (elle mesure moins de 50 cm
de large) est aussi un précieux témoignage des bouleversements rapides qu'ont provoqués les grandes découvertes et les explorations qui les ont suivies dans le mode
de vie des bourgeois européens et dans leurs représentations du monde. L'époque est celle d'un élargissement
considérable de l'horizon, et la grande force de Vermeer
est de parvenir à en multiplier les signes entre les quatre
murs d'une maison ordinaire, à l'occasion d'une scène
de genre par ailleurs très courante dans l'art hollandais
du « siècle d'or ». La conversation légère autour d'un
verre de vin (quand la morale, déjà, réprouve qu'une
femme puisse accepter d'en boire) a souvent été mise en
scène par ses contemporains, mais la plupart du temps
avec des accents et des sous-entendus plus manifestes,
sinon graveleux, qui, par contraste, soulignent la grande
douceur et l'empathie qu'y met Vermeer.

Un peu plus d'un siècle après que Magellan a réalisé le tour du globe, quelques années après que Samuel de Champlain a fondé Québec en Nouvelle France, le monde semble immense dans les yeux de la jeune femme en conversation galante avec le fier officier hollandais — si l'on peut nommer conversation un échange dominé par la seule parole du beau monsieur. La légère distorsion de perspective qui fait paraître ce dernier immense à l'avant-scène accentue délibérément son attitude conquérante, tandis que toute la construction du tableau précipite le regard du spectateur vers le sourire de la jeune femme aux joues colorées.

Avenante et penchée vers l'avant, elle semble tenue en haleine, cette jeune femme qui s'accroche à son verre de vin dans le flot de la conversation, buvant surtout les paroles de son hôte, sa main gauche joliment abandonnée sur la table, paume ouverte. L'impression est d'autant plus forte que Vermeer, coutumier des scènes d'intérieur éclairées par une fenêtre latérale, sait comme nul autre modeler la lumière en pleine clarté ; il a mis tout son art et sa science de l'éclairage pour littéralement illuminer cette jeune personne tandis qu'autour de son visage radieux les tonalités semblent se répondre dans une danse de lumière, du bleu de la carte au rouge et au jaune des étoffes.

… Vermeer est considéré comme l'un des plus grands maîtres de la peinture européenne…

On sait peu de chose de la vie relativement courte de Vermeer, dont nous sont parvenus peu de tableaux (une quarantaine sont d'authenticité certaine), soit qu'il ait consacré à chaque toile un temps considérable, soit que son rôle de marchand d'art et de père de famille nombreuse lui en ait laissé trop peu. S'il est aujourd'hui considéré comme l'un des plus grands maîtres de la peinture européenne, son immense célébrité présente la particularité d'avoir été extrêmement tardive : ce n'est qu'au XIXe siècle, deux cents ans après sa mort, que l'étude passionnée d'un critique d'art français, Étienne Thoré, militant républicain que le coup d'État de Louis-Napoléon Bonaparte avait contraint à l'exil en 1851, déclencha une passion pour l'œuvre du peintre qui n'a fait que s'exacerber depuis. Tout se passe comme si les immenses qualités que lui a reconnues la modernité avaient dû sommeiller deux siècles avant de parvenir enfin à différencier Vermeer de ses contemporains : non seulement sa justesse extrême dans le registre de l'expression, mais plus encore la perfection des moyens qu'il mit en œuvre pour rendre les jeux de la lumière sur les visages, les objets et les matières diverses. De fait, la limpidité qu'il atteint dans le rendu d'une scène, une limpidité qu'aujourd'hui l'on pourrait dire photographique, le désigne comme un lointain précurseur des naturalistes et a profondément marqué les impressionnistes. Si l'on ne connaît que deux toiles représentant des vues d'extérieur, les scènes d'intérieur, à l'instar de notre tableau, sont le plus souvent baignées d'une lumière naturelle provenant, comme on l'a dit, d'une fenêtre latérale, située de préférence à gauche et ouverte sur le bruit du monde. L'éclairage, chez Vermeer, est indissociable de sa capacité à provoquer immédiatement la narration : ses toiles parlent, elles racontent.

De même, *L'officier et la jeune fille riant* a ceci de singulier et d'extrêmement réussi qu'il invite le spectateur, plutôt qu'à fantasmer les conséquences galantes de la conversation, à rêver à son tour le récit mené par l'officier cultivant son apparente nonchalance, main sur la hanche. C'est par sa capacité à raconter que la toile introduit le souffle des lointains au cœur même d'un foyer ordinaire, ce que souligne une série de signes discrets mais efficaces, parmi lesquels la carte murale au bleu éclatant qui surplombe la scène, bien sûr, mais plus encore le luxueux chapeau de l'officier (on verra qu'il entretient des liens, sinon avec les voyages de Champlain, en tout cas avec les fourrures de castor achetées aux Indiens du Nouveau Monde). Alors que la fenêtre ouverte ne permet de deviner de l'extérieur qu'un petit morceau de mur ou de toit, le monde, au fond, impose ici sa présence à l'image de l'officier dont on ne voit ni le visage, ni l'expression, mais dont la posture et la tenue suffisent à permettre au spectateur d'appréhender son état d'esprit, sa façon de séduire.

… rendre la perception visuelle de l'espace sur la surface plane qu'est un tableau…

De quelle contrée lointaine ou non revient-il, notre officier au visage perdu dans l'ombre, en cette époque où la marine hollandaise écume les océans, disperse les hommes sur toute la surface du monde connu, tandis que la future ville de New York, servant de tête de pont à la Compagnie hollandaise des Indes occidentales, s'appelle encore Nouvelle-Amsterdam pour quelques années ? Les spectateurs férus d'histoire peuvent se demander si cet officier à la tunique écarlate n'a pas participé à la guerre anglo-hollandaise (1652-1654), mais tout laisse penser qu'il se garde d'évoquer les horreurs de la guerre, et la carte murale conduit plutôt à imaginer que notre homme introduit dans l'univers casanier de la jeune fille de vastes espaces dont elle découvre l'existence avec délectation, suivant son hôte dans de prestigieuses aventures sur des terres inconnues où vont s'élargir toutes les perspectives humaines.

C'est l'un des grands paradoxes du XVIIe siècle : alors que le monde est désormais clos, qu'on en a littéralement *fait le tour*, il n'a jamais semblé aussi vaste et grand. Ce n'est pas un hasard si ces années durant lesquelles les cartographes européens dispersés aux antipodes tentent de donner forme aux *terra incognita* furent aussi celles où les peintres focalisèrent sur la question de la mise en perspective : l'une des principales affaires des peintres, alors, aura été leur capacité à rendre la perception visuelle de l'espace sur la surface plane qu'est un tableau. Dans la foulée des maîtres italiens issus de la Renaissance, que tous connaissent bien, les peintres hollandais ont beaucoup travaillé la question de l'horizon et du point de fuite. Notre tableau en est un excellent exemple, puisqu'il semble qu'il soit le premier que Vermeer ait minutieusement construit avec un fil attaché à une pointe enfoncée dans la toile à l'endroit choisi pour être le point de fuite : placé sur la ligne d'horizon, ce point imaginaire est celui à partir duquel le peintre trace les lignes qui lui permettront de construire son œuvre en perspective. La radiographie de la toile en témoigne, laissant apparaître la trace noire laissée par la pointe sous la couche de peinture, une trace située exactement à mi-chemin des deux personnages, au niveau de leurs regards.

La méthode employée par Vermeer était simple, mais efficace et précise : à la pointe fichée dans la toile était attaché un fil enduit de craie. Pour tracer une ligne, le peintre tendait ce fil d'une main depuis l'extérieur de la toile avant de le soulever de l'autre main pour le faire claquer sur la toile afin qu'il s'y dépose un trait de craie. À cette époque où la perspective faisait l'objet de nombreux traités, dont on ne peut pas être certain que Vermeer les ait lus mais dont il avait assurément connaissance, de nombreux peintres avaient recours à cette méthode (qui est encore utilisée, de nos jours, pour créer des peintures en trompe l'œil), mais très peu ont atteint une telle perfection, non seulement dans la construction rigoureuse de l'illusion spatiale, mais aussi dans un savoir aigu quant à son organisation autour d'un point judicieusement choisi en fonction du sujet.

… au XVIIe siècle, une carte était considérée comme un bien précieux…

La représentation de l'espace sur une surface plane était aussi une question cruciale pour les cartographes. Dans les villes hollandaises de l'époque, ces derniers faisaient d'ailleurs souvent partie de la guilde des peintres, et les uns et les autres partageaient leur savoir de la géométrie. La cartographie connaissait une évolution et un développement foudroyants, alors que les explorateurs ne cessaient d'étirer et de préciser les contours du monde dans la représentation qu'ils en donnaient (comme le fit d'ailleurs Champlain au Canada, sous les ordres de monsieur de Mons) : au mitan du XVIIe siècle, une carte était considérée comme un bien précieux, gage d'ouverture d'esprit et de culture humaniste, mais aussi d'aisance matérielle, et il était de bon goût d'en afficher chez soi. Plusieurs chefs-d'œuvre de Vermeer gardent d'ailleurs trace de l'intérêt de toute son époque pour la représentation du monde, en particulier *Le Géographe*, peint une dizaine d'années plus tard : dans une salle d'étude éclairée, là encore, par une fenêtre située à gauche, mais fermée cette fois (le travail en cours était trop sérieux pour s'en laisser distraire par le bruit de la ville), un savant se penche sur une carte déployée, son compas à la main, tandis que l'œil du spectateur est irrésistiblement attiré par un globe terrestre qui, posé sur le haut d'une armoire, domine la scène, tourné de manière que l'on puisse reconnaître la Chine.

La carte qui s'affiche au fond de notre toile peut, aujourd'hui, paraître peu lisible. D'une part, le peintre, qui l'a reproduite dans plusieurs autres toiles, a décidé ici d'en inverser les couleurs, peignant la terre en bleu et la mer en brun. Vermeer était coutumier de ces distorsions imposées aux objets, dont plusieurs se retrouvent modifiés dans leur couleur ou leur forme de toile en toile, ce qui confirme la priorité qu'il accordait aux rapports de tons et de géométrie sur chaque toile résolument considérée comme un tout. D'autre part, il faut pour reconnaître la Hollande et la Frise occidentale les remettre à l'endroit selon les conventions qui sont les nôtres, puisque ce n'est pas le nord mais l'ouest qui, en l'occurrence, est au sommet. Les historiens ont retrouvé d'autres exemplaires de la même carte, dessinée en 1620 par un cartographe de Delft, Balthasar van Berckenrode, et publiée en 1629 par le principal cartographe d'Amsterdam, Willem Blaeu.

… ce chapeau de feutre obtenu après un long traitement des peaux de castor…

Si la carte signifie un intérêt pour la représentation insaisissable du monde, ce n'est donc pas elle qui peut nous mettre sur la voie du Nouveau Monde, mais le luxueux chapeau qu'arbore l'officier, et dont il convient de préciser qu'il aurait été malséant qu'il l'enlève : à l'époque, et dans toute l'Europe, un gentilhomme ne se découvrait que dans la plus grande intimité ou face au roi — et les Hollandais avaient d'autant plus de raison de garder leur chapeau en permanence qu'ils étaient fiers de la République à laquelle avait abouti leur longue guerre d'indépendance contre l'Espagne. Il revient à l'historien Timothy Brook d'avoir ouvert cette nouvelle piste de lecture de *L'officier et la jeune fille riant* dans un bel essai récemment traduit en français et précisément intitulé *Le Chapeau de Vermeer* (traduit par Odile Demange, Payot). S'emparant d'une dizaine de tableaux de Vermeer et s'attachant plus aux objets représentés qu'à la manière du peintre, il s'emploie à montrer comment chacun d'entre eux porte la trace de la formidable accélération des échanges culturels et commerciaux sur toute la surface du globe : à montrer, en somme, que le XVIIe siècle constitue « l'aube de la mondialisation ». La Hollande du « siècle d'or », tout particulièrement, fut fascinée par l'Orient et la Chine. Mais si Champlain n'eut de cesse de s'enfoncer vers l'ouest du Canada à la recherche d'une route offrant le « moyen de parvenir facilement au royaume de la Chine et Indes orientales, d'où l'on tirerait de grandes richesses », c'est pourtant son commerce avec ses alliés hurons que le chapeau de feutre de notre officier permet d'évoquer. Contrairement aux chapeaux dont se contentait le commun des hommes, et dont le feutre était fabriqué à base de laine de mouton, ce type de chapeau luxueux et très onéreux était en effet constitué de feutre obtenu après un long traitement des peaux de castors. Celles-ci étaient prisées par les chapeliers européens en raison des qualités exceptionnelles de leur sous-poil : « la fourrure de castor se singularise par ses ardillons, qui la rendent particulièrement propre à s'agglutiner lorsqu'elle est mise à mijoter dans un bouillon toxique d'acétate de cuivre et de gomme arabique assaisonnée de mercure », écrit Brook. Certes, les chapeliers européens n'avaient pas attendu la découverte de l'Amérique pour fabriquer du feutre à partir du sous-poil de castor, mais la mode s'en était tellement répandue qu'à la fin du XVIe siècle la chasse avait provoqué la raréfaction des castors dans toute l'Europe, et jusqu'en Scandinavie. Si les Hollandais basés à la Nouvelle-Amsterdam négociaient aussi des castors avec les indigènes, les forêts proches de l'embouchure du Saint-Laurent en regorgeaient, au point que le commerce de leur fourrure fut un élément déterminant dans le financement des explorations de Champlain. Leur importation sur le marché européen permit de relancer la fabrication des chapeaux de feutre précisément appelés des « castors », au point de provoquer des phénomènes de mode qui se multiplièrent jusqu'au dernier tiers du XVIIe siècle. Les chapeliers les plus prestigieux inventaient sans cesse de nouvelles formes ou de nouvelles teintes pour conserver leur clientèle, élargissant ou recourbant les bords, adjoignant des rubans, comme sur celui qu'arbore notre officier : si nous ne pouvons pas définir ce qu'il a planté dans le ruban de son chapeau, celui-ci, comme le précise Timothy Brook, « était indéniablement le dernier cri de la mode hollandaise masculine ».

Notre officier a, de toute évidence, conscience de la valeur de son chapeau, mais il n'imagine certainement pas dans quelles conditions tragiques le commerce mondial prend son essor, et au prix de combien de morts outre-Atlantique il peut se pavaner ainsi. Pas plus que les alliés hurons de Champlain ne pouvaient comprendre les enjeux de cette étrange fièvre du castor qui s'emparait de tous les Européens accostant sur leur terre, et imaginer qu'une peau de castor échangée contre des couteaux pourrait se retrouver sur la tête d'un soldat inconnu, figée pour l'éternité dans l'un des plus grands chefs-d'œuvre de la peinture occidentale. Rien ne nous empêche, pourtant, trois siècles plus tard, de rêver sous l'œil de Vermeer aux étranges fils qui, comme ceux dont le peintre marquait sa toile, relient les hommes à leur insu, d'autant que ce tableau a refait en sens inverse le chemin du castor venu d'Amérique : il est désormais abrité dans la Frick Collection, à New York.

Le texte

en perspective

Myriam Marrache-Gouraud

Vie littéraire
Aux portes du Nouveau Monde

1.
Le monde s'élargit

1. *Intérêts européens*

Nouveau Monde, Indes occidentales, Amérique... À l'aube du XVIᵉ siècle, en 1492, l'Europe connaît une expérience nouvelle d'ordre géographique et mental : il existe d'autres peuples, sur de nouvelles terres, *terra incognita*, des « terres inconnues ». Christophe Colomb, qui partait pour trouver, par la « mer Océane » (l'ancien nom de l'océan Atlantique), une voie vers les Indes, croit y parvenir lorsqu'il touche les Antilles. C'est pourquoi cet endroit sera longtemps nommé les « Indes occidentales ». En fait, ce ne sont pas que quelques îles, c'est tout un continent qui lui barre la route. Le monde, soudain enrichi d'une « quatrième partie », est l'objet de toutes les tentations : Espagnols et Portugais en tête, toutes les grandes puissances européennes chercheront à s'approprier ces terres, en dépit des peuples qui y vivent déjà. En 1494, le traité de Tordesillas coupe la carte toute neuve en deux, de part et d'autre d'un méridien : à l'ouest, les territoires seront espagnols, à l'est, ils seront portugais. L'Europe se partage le Nouveau Monde. Alors, à la recherche de nouvelles voies, que de navigations ! Contournement de l'Afrique par le cap de Bonne-Espérance (Vasco de Gama, 1497), découverte des Caraïbes, du Brésil, de la Patagonie, où Magellan trouve le détroit qui mène à l'océan Pacifique (1520) : vers les Indes, enfin...

Les Français, présents de façon minoritaire au Brésil et en Floride, cherchent à s'imposer au nord de l'Amérique. Ils ne sont pas les seuls. Les Anglais et les Hollandais s'y intéressent aussi. Il y a une « Nouvelle Espagne », il faut qu'il y ait une « Nouvelle Angleterre », une « Nouvelle France ». En attendant de fonder des États, les zones de pêche sont exploitées dès le XVIe siècle : des Basques, des Bretons embarquent régulièrement pour rapporter la morue de l'Atlantique Nord. Le commerce n'est pas en reste : les marchands comprennent vite le profit qu'ils peuvent tirer des peaux de castors troquées aux Indiens contre de la verroterie. L'Europe transforme ces fourrures en un feutre qui sert à faire des chapeaux très à la mode : c'est un commerce florissant qui fait gagner beaucoup d'argent à tous ceux qui investissent. On monte des comptoirs, on fixe des monopoles commerciaux.

2. *À la recherche de la mer salée*

Reste une grande énigme : si Magellan a trouvé un passage qui conduit vers les Indes au sud, il y en a peut-être un au nord. On rêve de trouver la Chine au-delà des terres canadiennes, mais par où ? Des expéditions anglaises, françaises se multiplient, sans succès. Chacun y croit pourtant : Champlain part de France avec une robe chinoise qu'il a l'intention de revêtir s'il parvient jusqu'aux palais princiers de Chine. Toutes ses expéditions vers l'intérieur des terres par les voies fluviales ont pour but de trouver, aux confins de ces rivières, la « mer salée », ou « mer du Nord », comme le montre déjà le 1er voyage (I, 2) et tout le 4e voyage de Champlain. Mais il ne trouve jamais que des « mers douces » (ainsi qu'il les nomme sur ses cartes géographiques) ; en désespoir de cause, il baptise l'un des endroits où il doit rebrousser chemin « Lachine » — lieu qui porte toujours ce nom actuellement. Aucune des velléités chinoises de Champlain n'aboutira. Et pour cause : le passage du nord-ouest, que toutes les nations s'évertuent à découvrir au prix de nombreuses vies, laissées dans les glaces en passant toujours plus au nord, ne sera découvert qu'au XIXe siècle !

2.

La vogue des récits de voyages, ou comment ajuster son regard

Peu importent les chemins que l'on trouve ou ne trouve pas, l'horizon est soudain grand ouvert devant soi, donnant lieu à toutes les formes de découvertes. On rapporte en Europe des fruits nouveaux, des objets extraordinaires, des animaux étranges, des indigènes aussi, et beaucoup de récits.

1. *Embrasser l'univers ?*

Au sein des récits de voyages, littérature nouvelle très appréciée, se repèrent rapidement deux ensembles : les « cosmographes » et les « chorographes ».

Les premiers prétendent livrer, à partir de la narration de leurs voyages, une image complète du monde et peindre tout l'univers : le plus connu en France est André Thevet, un moine franciscain qui voyagea en Orient, puis au Brésil, et qui en rapporta une foule d'anecdotes ainsi qu'un grand nombre de magnifiques échantillons, objets, plantes ou animaux dont il se fit une belle collection personnelle, non sans offrir, au roi, les pièces les plus remarquables. À ce titre, il devint garde des curiosités du roi. Sa *Cosmographie universelle* (1575) réunit en quatre livres les quatre parties du monde. Il y présente une telle masse d'informations que beaucoup l'accusent d'être un « cosmographe de cabinet », c'est-à-dire d'avoir inventé ou emprunté à d'autres ses propos au lieu de se fonder sur ses propres observations.

Les chorographes, à l'inverse, parlent d'une région sans ambition cosmique : ils limitent volontairement leur propos uniquement à ce qu'ils ont vu, quitte à ce que l'ensemble puisse paraître incomplet au lecteur. C'est une forme d'honnêteté que revendique l'un des grands adversaires de Thevet, Jean de Léry, qui rapporte, lui aussi, d'un voyage brésilien un ouvrage qu'il intitule *Histoire d'un voyage en terre de Brésil* (1580), et où il met un point d'honneur à ne décrire que les choses singulières qu'il a authentiquement rencontrées.

2. *Mener une enquête*

Selon la méthode de « l'autopsie » (voir par soi-même) qui garantit l'authenticité du propos, les récits, revenant à une tradition d'enquête ou de témoignage dont le premier représentant fut Hérodote, rapportent l'inédit. Ils adoptent assez naturellement le modèle du journal de bord, à l'instar de Christophe Colomb : récit chronologique, daté, et fournissant de nombreux repères topographiques. On y trouve systématiquement un récit de la traversée atlantique, des rencontres avec les indigènes, une description des coutumes observées — le cannibalisme, en particulier, fascine beaucoup — et, bien sûr, un compte rendu des richesses potentielles. Les Espagnols ont trouvé de l'or… Jacques Cartier conclut un peu vite qu'il a trouvé des diamants au Canada, et c'est en France qu'il s'aperçoit que ce ne sont que de vulgaires cailloux ! Le récit se doit d'être informatif et persuasif, car le voyage a été commandité par un puissant personnage (souvent le roi). Sur les chemins qu'empruntera Champlain, Jacques Cartier, missionné par François Ier, a déjà prospecté, rapportant des récits en 1534 et 1545. Champlain, du reste, retrouvera les traces de son hivernage à proximité de Québec (I, 4).

Chez Champlain, qui en 1608 arrive déjà après d'autres, le voyage a aussi pour but de vérifier que le réel correspond au récit qui en a été fait : le paysage est d'abord perçu à travers le regard des autres (livres lus avant le départ, détails topographiques que l'on tient des Indiens, inventions du menteur du 4e voyage) : reste à expérimenter si ces paysages ne sont pas de pures affabulations.

De fait, si Champlain suit les traces de ses prédécesseurs, en offrant au public les épisodes qu'il attend (traversée, rencontres insolites…), il ne donne, comme eux, guère d'objectivité à sa narration. On discernera à la lecture un va-et-vient régulier entre des passages de description et des moments de réflexion assumés par un narrateur qui commente en son nom ce qu'il a découvert. L'apparition de la première personne est fréquente, notamment avec l'expression récurrente : « je tiens que… ». L'observation est mise à contribution pour comprendre : on en tire des lois, grâce au présent de vérité générale, qui alterne régulièrement avec le présent de narration.

Les récits bruts sont donc rares ; ils sont nourris, comme le veut l'époque, par le regard de l'Européen qui ne manque pas de faire des comparaisons avec ce qu'il connaît, ce qu'il a lu, ce qu'il a appris au cours de son éducation, et qui tente de ramener l'inconnu à du connu. Le texte est « orienté » par un regard venu d'un certain Orient vers ce nouvel horizon occidental. Ces récits, qu'ils soient cosmographiques, chorographiques, ou tout simplement journaliers, sont tous des textes hybrides, produits d'une rencontre : à la fois nourris à la source américaine et dans le souvenir de l'héritage antique d'une culture européenne, comme posée en surimpression.

3.

Le récit d'aventure selon Champlain

Comme Champlain est un observateur minutieux, il expose ses découvertes sans éprouver le besoin de les mettre en relation avec une érudition classique, sans comparer, sans théoriser comme le ferait un cosmographe. D'un lieu à l'autre, cet homme avance, en vaisseau, en canot, à pied, guidé par des Indiens, fréquentant à son retour les salons du roi, les quais, les commerçants, les autorités influentes… Il sait qu'il doit informer, il n'oublie cependant jamais d'intéresser son lecteur, car il ne s'adresse pas seulement à ses commanditaires, à d'autres géographes ou à des navigateurs, mais à tous à la fois.

1. *L'héroïsation du narrateur*

Comment Champlain transforme-t-il un journal de bord en récit d'aventures ? Et d'abord, qu'est-ce que l'aventure ? C'est le fait de laisser advenir le réel dans ce qu'il a de surprenant, d'imprévu, de cocasse, de nouveau et, aussi, de hasardeux. Un récit dont l'issue est incertaine, qui privilégie des enchaînements de péripéties et multiplie les moments de tension dramatique, donne toute sa place à l'aventure. Ici, le décor et le prétexte de départ s'y prêtent à merveille : s'il ne s'agissait que d'aller tenter une expérience d'hivernage périlleuse — au cours de laquelle beaucoup laisseront leur vie, vaincus par la rudesse du climat et la « maladie de la terre »… Mais l'enjeu est bien plus terrible encore, puisqu'il faut trouver des chemins qui n'existent pas à la recherche d'une mer supposée. Le narrateur va de surprise en surprise et sait les ménager, pour son lecteur, en insistant sur les risques et la nouveauté de l'entreprise, et, enfin, sur sa valeur profondément humaine.

L'aventure est d'autant plus palpitante que les situations, extrêmes, mettent les personnages face à des questions de vie ou de mort. Lorsque le narrateur insiste sur la nature « fort dangereuse » de certains lieux, où l'eau court avec une « grandissime violence », c'est non seulement pour informer le futur voyageur afin qu'il se méfie, mais aussi pour donner plus de prix aux événements qui vont s'y dérouler et augmenter la part de risque que prennent les personnages qui tentent de les franchir. Champlain prend soin de raconter par le détail les dangers attachés à la navigation en canot dans les rapides, lorsqu'il rapporte, par exemple, les différents moments d'émotion par lesquels passent les trois hommes qui prennent de mauvaises décisions au retour de l'île aux Hérons, et qui font « mille tours vers le haut et vers le bas » avant que deux d'entre eux ne perdent leurs forces et se noient (III, 2). L'intervention du narrateur, qui ajoute à ce récit sa vision des choses *a posteriori*, ne fait qu'insister davantage sur le caractère périlleux de l'aventure : « Je vous assure que, quand il me montra le lieu, mes cheveux se hérissèrent sur ma tête en voyant ce lieu si épouvantable, et je m'étonnai que les défunts aient pu être à ce point dépourvus de jugement qu'ils passèrent par un lieu aussi effroyable alors qu'ils auraient pu en emprunter un autre plus sûr. Car il est impossible d'y passer, à cause des sept à huit chutes d'eau qui descendent de degré en degré, le moins haut faisant trois pieds de haut, où il se faisait un train et bouillonnement étrange ; une partie du saut était toute blanche d'écume, c'était le plus effroyable du lieu, et elle rendait un bruit si grand que l'on eût dit que c'était un tonnerre, parce que l'air retentissait du fracas de ces cataractes. » L'accumulation des qualificatifs « effroyable », « épouvantable », la comparaison avec le bruit du tonnerre et les précisions de couleur, de profondeur inédite, « étrange », incitent le lecteur à éprouver, à son tour, une vive épouvante.

Pas de récit d'aventures sans héros, sans courage ni sans ruse. Champlain insiste souvent sur la force, physique et morale, dont il doit faire preuve : « Ce fut là où nous eûmes de la peine, car, ne pouvant porter nos canots par la terre à cause de l'épaisseur du bois, il nous les fallait tirer dans l'eau avec des cordes et, en tirant le mien, j'ai cru périr, car il traversa l'un des bouillons ; et si je n'étais tombé favorablement entre deux rochers, le canot m'aurait entraîné, d'autant que je ne pus défaire à temps la corde qui était entortillée autour de ma main et qui me la blessa fort — je crus même qu'elle me la coupait » (IV, 3). Le récit d'exploration est alors, toujours, haletant. Les prières sont de rigueur, l'on remercie Dieu lorsqu'on est tiré d'affaire, et l'on comprend que le canot est bien l'objet de la survie dont on ne doit en aucun cas se séparer. Les exploits guerriers révèlent d'autres passionnants moments. L'héroïsation du narrateur, qui se met en scène en sauveur providentiel, est particulièrement manifeste lorsqu'il délivre ses deux coups d'arquebuse, usant de ruse et de stratégie pour mettre en déroute les Iroquois et donnant, finalement, son nom au lac en souvenir de cette action mémorable.

Les hasards de l'aventure sont tels que le héros est forcément solitaire : souvent Champlain se retrouve seul, soit parce qu'il refuse la compagnie de ceux qu'il juge inexpérimentés, soit parce qu'il ne trouve aucun volontaire parmi les siens pour l'accompagner… ni même parmi les Indiens, qui, effarés par ses projets immodérés, lui demandent : « Tu es lassé de vivre ?! » Ce type de configuration (danger extrême, sujet seul contre tous, au service d'une grande cause qui est celle de son roi) permet de mettre en lumière un véritable héros, plein d'audace et de détermination.

2. *Le personnage de l'Indien*

Il en va de même avec les Indiens. La distribution des rôles, dans le récit, doit être comprise d'après cette figure assumée d'un narrateur qui se dépeint en héros agissant, fidèle à ses engagements quoi qu'il advienne. Contrairement à certains récits de voyages dans lesquels le narrateur « disparaît » derrière son propos, nous assistons avec Champlain au déroulement des découvertes dans la logique d'une aventure. Les autres personnages, qu'ils soient français ou autochtones, servent tous la quête d'un seul. L'Indien est vu, alors, non pas seulement comme un objet d'observation extérieure, ou d'étude, comme c'est le cas dans les récits qui détaillent le vêtement, les rites, etc., mais aussi comme un acteur de l'aventure. Les conseils de tribu, où Champlain est invité à pétuner, prennent un sens qui incite à considérer le « sauvage » comme un compagnon de route et non comme l'étranger absolu. Champlain écoute, parle et parle encore, insistant systématiquement dans son récit sur le dialogue argumentatif qui a la vertu de faire avancer l'action. Les revendications d'une parole franche et fidèle, les promesses, l'engagement à prêter assistance lors des guerres contre les Iroquois, tout cela est présenté comme stratégique, au service d'un objectif précis. Et il s'avère, au fil des dialogues, que les sauvages, d'abord présentés comme pleins de fourberie, selon une vision européenne convenue, se trouvent être moins menteurs et plus justes que les Européens. Ils croient en leurs songes, et cela est jugé être une superstition abusive, mais, pour autant, ils sont souvent plus fiables que les marchands qui médisent de Champlain, que les colons qui complotent pour le tuer, que ce Rochelais indélicat qui sert sa propre cause en mentant effrontément.

Le récit d'aventures, en menant le héros au contact des indigènes, permet de modifier la vision manichéenne du sauvage et du civilisé, de la nuancer et d'annoncer, déjà, les grands dialogues du XVIIIe siècle, mettant en scène une forme de sagesse du côté du « bon » sauvage.

**Pour aller plus loin
sur la colonisation européenne :**

La découverte des Indiens 1492-1550. Documents et témoignages, anthologie présentée par Luis Mizon, Paris, Librio, 1992.
Les récits de voyage, anthologie établie par Virginie Belzgaou, Folioplus Classiques n° 144.
Jean-Claude CARRIÈRE, *La controverse de Valladolid*, Paris, Flammarion, 2003.
Samuel de CHAMPLAIN, *Des Sauvages*, éd. A. Beaulieu et R. Ouellet, Montréal, Typo, 1993.
Bartholomé Las CASAS, *Très brève relation de la destruction des Indes*, Paris, Mille et une nuits, 1999.

L'écrivain
à sa table de travail

Ouvrir l'espace, rapporter l'immensité

L'AUTEUR, QUI DÉVOILE LES LOINTAINS à mesure qu'il les approche, déroule devant nos yeux l'espace tel qu'il s'est révélé devant les siens : en tant que narrateur, il est le témoin permanent et l'unité première de ses découvertes. À l'instar d'un personnage placé, de dos et à contre-jour, au premier plan d'un tableau, il fait éprouver au spectateur la mesure (ou la démesure) du paysage qui l'environne, car c'est lui qui donne l'échelle de l'espace, du temps également. Ce sont ses pas de géographe, son regard sur l'immensité, qui guident l'écriture et le lecteur en faisant progresser le récit à travers les contrées inconnues, mais aussi en déplaçant la ligne d'horizon, chaque soir différente, chaque matin repoussée.

1.

Voir, explorer et décrire

1. *L'écrivain arpenteur : compter pour conter*

Champlain visite des lieux absents des cartes. Contrairement à d'autres auteurs de récits de voyages, il n'est

ni un savant naturaliste, ni un religieux, ni un anthro-
pologue. Son métier est de mesurer la Terre, afin de
tracer ensuite ses contours bien à plat sur des feuilles
de papier. Il ne se déplace pas sans ses instruments de
travail, astrolabe et compas, et sa mission est claire : il
s'agit d'une exploration géographique. Le texte qu'il
écrit a donc ceci de particulier qu'il regorge des mesures les plus variées : lieues, pas, toises, pieds, arpents,
degrés de latitude, de longitude... et mentionne sans
cesse les quatre points cardinaux (nord, sud, est,
ouest) afin de préciser, toujours, sa position dans
l'espace. L'écrivain se sert de chiffres pour donner du
poids à un écrit délibérément visuel. Il signale des
noms de lieux, des reliefs, des profondeurs, les chemins, les voies d'eau qu'il emprunte, signes distinctifs
des endroits où il passe. Le récit est écrit pour servir de
complément à une carte, ainsi que le montre le début
du premier voyage : « je *racontai* les choses les plus singulières que j'y avais vues depuis mon départ, et lui
donnai la carte et le plan des côtes et des ports les plus
remarquables qui s'y trouvent ». *Geo-graphein*, en
grec, signifie écrire, décrire, la terre.

Le texte, selon cette logique « géo-graphique », se
construit dans un rapport à l'espace parcouru, sans
cesse compté, repéré, chiffré, mais aussi dans un rapport fondamental au temps. Les voyages sont contés
selon leur déroulement chronologique, à la manière
d'un journal de bord faisant scrupuleusement état des
dates, des saisons. Le temps et l'espace, perçus comme
complémentaires, et même inséparables, organisent la
narration, puisque le déplacement peut se mesurer
aussi bien en lieues (unités spatiales) qu'en journées
de marche (unités de temps) : l'espace se dit aussi avec
du temps.

2. *Les caprices des découvertes*

Les découvertes, qui font avancer le texte, lui impriment leur rythme, au point que, lorsque le navire est bloqué par les glaces au début du troisième voyage, le rythme du récit ralentit et reste, aussi longtemps que dure l'attente, « enfermé dedans les glaces ». Aucun résumé n'aurait su retracer aussi bien la recherche angoissée d'un passage parmi les bancs de glace : le récit, où il ne se passe presque plus rien, prend le temps de montrer que ces moments furent interminables, désespérants, grâce à l'étirement d'une narration qui n'omet aucune tentative d'évasion, fût-elle vaine.

Lent ou rapide, le récit file au gré des découvertes, inscrites dans le texte à mesure qu'elles se sont présentées. L'ordre reste donc imperturbablement chronologique, contrairement à certains récits de voyages qui choisissent de regrouper par chapitres les remarques sur les plantes, sur les animaux, puis sur les hommes, etc. C'est ce qu'avait fait, entre autres, Jean de Léry dans *Histoire d'un voyage en terre de Brésil.* Au contraire, ici le livre se présente sous la forme d'un rapport intitulé « journal très fidèle des observations faites lors des découvertes en Nouvelle France ». On constatera, par exemple, dans le sixième chapitre du premier voyage que les rubriques concernant les fruits, les poissons et le gibier sont abordées, alors qu'il est question de la maladie de la terre, pour conseiller un régime approprié. De la même manière, on ne trouvera pas de chapitre séparé consacré à toutes les coutumes des Indiens, mais leur description apparaît de temps à autre dans la narration, lorsque Champlain a l'occasion d'en être le témoin : l'épisode des tortures infligées au prisonnier le montre bien, ou celui de la tabagie, ou encore des pratiques funéraires, évoquées à plusieurs reprises dans le fil du récit.

Comme Champlain se contente de décrire ce qu'il a sous les yeux, il y a apparemment beaucoup de simplicité dans l'écriture. Pour inventorier le paysage, il use volontiers de la figure de l'énumération qui lui permet d'évoquer brièvement et clairement, en outre, la liste des fruits ou des arbres rencontrés. Cependant, le vocabulaire est parfois si simple que l'on ne sait pas toujours avec certitude de quoi il est question. Un « saut » désigne aussi bien des chutes d'eau que des rapides, un « brisant » un banc de sable ou un rocher... Il est vrai que le vocabulaire géographique ne s'est pas encore spécialisé à l'époque et que, de surcroît, Champlain, rappelons-le, n'est pas un authentique géographe.

3. *L'honnêteté d'un enquêteur*

Pour autant, ses talents d'observateur sont indéniables. Il décrit comme personne la forme du canot, les raquettes à neige, la façon de se vêtir pour se protéger du froid, émaille ses descriptions d'anecdotes pour faire comprendre la famine ou les superstitions des Indiens. Son regard sur ces coutumes qui ne sont pas les siennes est toujours bienveillant et juste. Il ne cherche pas à instaurer une quelconque supériorité, à démontrer quelque suprématie européenne. Il enquête. Honnêtement. Dans une forme de passion pour la découverte en elle-même, il va à la rencontre des autochtones, leur pose des questions : « C'est alors que je trouvai l'occasion de discuter avec eux de plusieurs choses : j'éprouvais beaucoup d'intérêt pour leurs coutumes » (I, 4). Il ne s'abstient pas de juger, bien entendu, mais en reste souvent à des constats qui ne condamnent pas au nom d'un dogme souverain qui serait le sien : l'exemple des croyances religieuses, sujet si sensible à l'époque, le montre bien : « Je leur demandai de quelle sorte de cérémonies ils usaient pour prier leur Dieu, ils me dirent qu'ils n'en usaient d'aucune, si ce n'est que chacun le priait en son cœur, comme il voulait. Voilà pourquoi il n'y a aucune loi parmi eux, et ils ne savent pas ce que c'est qu'adorer et prier Dieu, car ils vivent comme des bêtes brutes » (I, 4).

2.

Agir, faire sien

La comparaison « comme des bêtes brutes » n'est pas aussi péjorative qu'il y paraît. Elle incite à l'action : si ces êtres vivent à la manière des animaux, selon les lois de la nature, que peut-on leur apporter ? La fin de la phrase le dit : « et je crois que rapidement ils deviendraient de bons chrétiens si on habitait leur terre, ce qu'ils désirent pour la plupart ». L'observation a appris des choses, a donné des connaissances de tous ordres dont Champlain tire la leçon, en homme d'action : si le texte cherche à comprendre l'inconnu, c'est afin de mieux maîtriser la nouveauté et de s'approprier ce qui peut l'être.

1. Actes fondateurs

Champlain n'est pas seulement un observateur, il est effectivement un homme de terrain, volontaire, chargé de prendre des décisions. Il est là pour fonder une colonie, dont son récit retrace les balbutiements, les premiers succès comme les premières difficultés, qu'il ne cache pas. Celui qui nous apparaissait comme un géographe se fait finalement aussi l'historien officiel de l'aventure de la Nouvelle France, puisqu'il en rapporte les premiers événements marquants, enrichis, pour la circonstance, de gravures mémorables : la fondation de Québec, les premiers coups de feu contre les Iroquois lors de la mémorable bataille du lac qui porte désormais son nom, les négociations décisives, les alliances...

Mais pourquoi raconter aussi les épisodes moins glorieux ? Odieuse tentative de mutinerie du serrurier, scorbut hivernal qui décime jusqu'au médecin, revirements inattendus des Indiens, tentatives d'obstruction des marchands... La chronique de toutes ces menaces, qui pour la plupart ont été surmontées, ne fait que renforcer la solidité de l'entreprise, si ce n'est sa légitimité historique, tout en affirmant la détermination de l'homme qu'aucun combat n'effraie, car il est prêt à tout entreprendre pour que vive la Nouvelle France.

2. *Apprivoiser la sauvagerie*

Pour passer de l'observation à l'action, il faut que l'examen visuel soit guidé par une forme d'esprit pratique. On pourra remarquer que Champlain, lorsqu'il visite un lieu, se préoccupe toujours de considérations économiques (y a-t-il assez de ressources naturelles pour qu'on puisse subsister ? La terre est-elle fertile ?), matérielles (peut-on construire sur ce sol ?), politiques et défensives (comment ce territoire est-il situé par rapport aux différentes ethnies rivales indiennes ? Le relief représente-t-il des défenses naturelles ?). Les témoignages des Indiens, leur connaissance des sites et leur habileté à se déplacer dans les passages périlleux des rapides, sont fort précieux à l'explorateur, et s'il conclut des alliances, c'est dans le but de bénéficier d'un soutien logistique sur le terrain.

En passant son chemin, il ne manque pas, tout de même, de nommer les lieux qu'il a traversés — c'est une forme d'appropriation, la plus exemplaire étant sans doute celle qui consiste à donner son propre nom au lac qui fut le théâtre de sa victoire contre les Iroquois. La nature n'est plus vierge de toute présence européenne : elle est balisée sur la carte par de multiples noms de saints et jalonnée physiquement par les différentes croix qu'il y érige presque systématiquement, et dont il demande aux Indiens de prendre le plus grand soin en son absence : « nous vîmes plusieurs beaux cyprès rouges, les premiers que je voyais en ce pays ; de ce bois, je fis une croix que je plantai à une extrémité de l'île, en un lieu éminent et bien en vue, avec les armes de France, comme je l'ai fait aux autres lieux où nous avions fait une halte. Je nommai cette île l'île Sainte-Croix. » (IV, 3) ; « Avant de partir, je fis une croix de cèdre blanc que je plantai sur le bord du lac en un lieu éminent, avec les armes de France, et je priai les sauvages de bien vouloir la conserver, tout comme celles qu'ils trouveraient le long des chemins où nous avions passé ; j'assurai que s'ils les détruisaient, il leur arriverait malheur, et que s'ils les conservaient, ils ne seraient pas assaillis par leurs ennemis. Ils me promirent d'en prendre soin, m'assurant que je les trouverais intactes quand je reviendrais chez eux » (IV, 4).

3. *De la banquise aux rosiers*

Le paysage nous apparaît au travers d'une expérience personnelle sensible et multiple. Les sensations tactiles de neige sont nécessairement marquantes pour l'Européen qui parcourt le Canada : « marées fort étranges », ou « vents impétueux qui amènent de grandes froidures », jusqu'au sentiment d'impuissance et de paralysie lors de l'épopée glaciaire où l'on craint de périr. L'horizontalité, la verticalité, le froid, l'humidité, la force du courant, le « poudrin » d'une chute d'eau, les piqûres des moustiques, la dureté des rochers, la matérialité du bois… L'homme, si petit dans la grande nature, endure des épreuves sensorielles intenses, inconnues : le passage des rapides dans les bouillonnements, où une corde manque de lui couper la main, l'émotion horrifiée devant les tortures… Souffrances physiques, appréhensions, terreurs se succèdent : la mémoire du paysage est recueillie par le biais des impressions et des sentiments contrastés qu'il éveille. Au formidable espoir de la mer salée correspond l'immense déception ressentie lorsqu'on s'aperçoit qu'on s'est fait berner par un menteur.

Alors, devant tant de difficultés à maîtriser l'espace, si vaste, si délibérément fuyant et indomptable, il est rassurant de pouvoir laisser une trace autre que les croix et dépourvue de toute idéologie. C'est à un jardin que revient ce rôle : Champlain s'attriste de la perte de vignes qu'il avait plantées, mais dont on n'a pas pris soin en son absence : « je fis planter des vignes du pays, qui poussèrent fort belles. Mais après que je fus reparti en France, on les perdit toutes, faute de les avoir soignées, ce qui m'affligea beaucoup à mon retour » (I, 5). Plus tard, au terme du voyage qui avait commencé dans l'enfer des glaces, vient une décision qui peut surprendre : « j'y fis […] planter des rosiers » (II, 3). Ce geste de jardinier inscrivant dans l'espace, avant de partir, une présence ornementale — non utilitaire — marque un retour à une forme de plaisir simple, apaisant. Transfigurant toute notion de survie, et comme pour repousser les limites de la sauvagerie, le rosier figure, dans le vaste paysage, un espace tout particulier, juste pour soi, domestiqué, apprivoisé, parfumé et poétique.

3.

Traces du voyageur

Sur le papier, cartographier, écrire : tracer des lignes et des noms, fidèles ou non aux formes d'un désir. Sur l'oreille, un coup de flèche a laissé une cicatrice : sauvage en tous lieux, l'espace ne se laisse pas apprivoiser si facilement. Dans le sol, par-delà les horizons qui leurrent, il est bon de planter, aussi, pour inscrire une trace de son passage, lancée vers l'avenir puisque d'autres devront prendre soin des croix, rosiers ou vignes, ces signes sensibles d'une présence persistant même après le départ de Champlain ; ils ont ceci de beau qu'ils restent éphémères et fragiles, comme le sont les souvenirs. L'explorateur n'en est pas moins l'auteur, le fondateur, de même que pour les traces plus durables de son œuvre, comme Québec, ou comme ses récits qui mesurent, consignent, opiniâtrement, fidèlement, les leçons de l'expérience et les formes de l'espace.

Chez lui, c'est toujours un récit qui ouvre et referme le voyage : c'est d'après des récits et sur leurs traces qu'on entreprend de partir, c'est avec eux que l'on revient. Le plus intrigant et exemplaire, à cet égard, est assurément le quatrième voyage, rarement cité parce qu'il raconte d'une certaine façon une absence de voyage, une expédition qui, après avoir multiplié les problèmes, n'a finalement pas lieu, mais dans laquelle pourtant Champlain se sera engagé corps et âme, aura mis à l'épreuve ses certitudes (« mon esprit voguant en incertitude… »), aura connu les renoncements nécessaires, d'une déconvenue à la suivante, butant sur une immensité qu'il ne peut ouvrir faute d'en avoir la clé : preuve que si les récits mentent, les explorations ne peuvent advenir.

Le texte qui en résulte est l'histoire d'un rêve rattrapé par le réel… Une histoire tournée vers l'avenir, néanmoins. Comme une grande fenêtre ouverte, cette relation de faits passés justifie à lui seul la promesse d'un voyage prochain. Un rêve que rattrapera le réel.

Groupement de textes thématique

L'homme et l'espace

LES *VOYAGES* DE CHAMPLAIN mettent en scène des découvertes d'espaces nouveaux par un homme qui, dans l'immensité, doit chercher un chemin, son chemin. Bien plus qu'un monde à domestiquer, c'est un univers porteur d'émerveillements, de terreurs, d'espoirs, et posant toutes les questions, à commencer par celle de la place que l'homme peut y trouver.

1.

L'expérience des grands espaces

Voici trois textes qui confrontent l'homme à l'immensité. L'écriture de Champlain, on peut le penser, marque l'origine d'un certain roman d'aventures à l'américaine, posant le rapport du héros à l'immensité comme fondateur de l'aventure (malheureuse ou heureuse) — ce dont Lucky Luke, « *poor lonesome cowboy* », n'est qu'un tardif avatar — et faisant de l'espace une donnée essentielle à l'histoire, presque un personnage à part entière.

Ces récits en sont les héritiers : tendus entre la difficulté de la survie dans un monde hostile (Jack London), privant l'homme comme les bêtes de toute subsistance (Rick Bass), et le désir de ne faire qu'un avec une nature immense (Norman Maclean), dans une osmose avec les éléments qui rappelle à l'homme à la fois sa petitesse et sa présence au monde. La démesure de l'espace renvoie l'homme à lui-même, c'est-à-dire à sa finitude, à sa puissance physique, à sa résistance morale, à son émerveillement, presque originel, édénique, devant une nature si intacte et sauvage qu'elle semble être celle des premiers jours de la Création.

Jack LONDON (1876-1916)

Croc-Blanc (1906)

(Trad. de Philippe Sabathé, Folio junior n° 262)

Dans les premières pages de Croc-Blanc, *le Grand Nord impitoyable, appelé le Wild, est plus qu'un décor : il est véritablement personnifié à la manière d'une puissance ennemie, dotée de sentiments. On pourra classer les sensations visuelles et auditives, afin de montrer que, toutes, elles sont angoissantes. L'homme, minuscule, se fait écraser et soumettre ; il y perd son identité, tant chaque individu se ressemble derrière le masque du gel. On notera l'omniprésence du champ lexical de la mort, et la caractérisation assez étonnante de la nature considérée, dans ces confins extrêmes, comme « surnaturelle ».*

De chaque côté du fleuve glacé, l'immense forêt de sapins s'allongeait, sombre et menaçante. Les arbres, débarrassés par un vent récent de leur blanc manteau de givre, semblaient s'accouder les uns sur les autres, noirs et fatidiques dans le jour qui pâlissait. La terre n'était qu'une désolation infinie et sans vie où rien ne bougeait, et elle était si froide, si abandonnée que la pensée s'enfuyait, devant elle, au-delà même de la tristesse. Une envie de rire s'emparait de l'esprit, rire tragique comme celui du Sphinx, rire transi et sans joie, comme le sarcasme de l'Éternité devant la futilité de l'existence et les vains efforts de notre être. C'était le Wild[1]. Le Wild farouche, glacé jusqu'au cœur, de la terre du Nord.

Sur la glace du fleuve, et comme un défi au néant du Wild, peinait un attelage de chiens-loups. Leur fourrure, hérissée, s'alourdissait de neige. À peine sorti de leur bouche, leur souffle se condensait en vapeur pour geler presque aussitôt et retomber sur eux en cristaux transparents, comme s'ils avaient écumé des glaçons. [...]

Devant les chiens, peinait un homme sur de larges raquettes, et derrière le traîneau, un autre homme. Dans la boîte qui était sur le traîneau en gisait un troisième dont le souci était fini. Celui-là, le Wild l'avait abattu, et si bien qu'il ne connaîtrait jamais plus le mouvement ni la lutte. Le mouvement répugne au Wild et la vie lui est une offense. Il congèle l'eau pour l'empêcher de courir à la mer ; il glace la sève sous l'écorce puissante des arbres jusqu'à ce qu'ils en meurent et, plus férocement encore, plus implacablement, il s'acharne sur l'homme pour le soumettre à lui et l'écraser. Car l'homme est le plus agité de tous les êtres, jamais en repos et jamais las, et le Wild hait le mouvement.

Cependant, les deux hommes qui n'étaient pas encore morts trimaient en avant et en arrière du traîneau, indomptables et sans perdre courage. Ils étaient vêtus de fourrures et de cuir souple tanné. Leur haleine avait recouvert leurs paupières, leurs

---

1. *Wild* signifie sauvage.

joues, leurs lèvres et toute leur figure de cristallisa-
tions glacées, en se gelant comme celle des chiens,
si bien qu'il eût été impossible de les distinguer
l'un de l'autre. On eût dit des croque-morts mas-
qués conduisant les funérailles de quelque fan-
tôme en un monde surnaturel. Mais sous ce
masque, il y avait des hommes qui avançaient malgré tout sur cette terre désolée, méprisants de sa
railleuse ironie et dressés, quelque chétifs qu'ils
fussent, contre la puissance d'un monde qui leur
était aussi étranger, aussi hostile et impassible que
l'abîme infini de l'espace.

Ils avançaient, les muscles tendus, évitant tout
effort inutile et ménageant jusqu'à leur souffle.
Partout autour d'eux était le silence, le silence qui
les écrasait de son poids lourd.

Rick BASS (né en 1958)

Platte River (1994)

(Trad. de Brice Matthieussent,
Christian Bourgois, 1997)

*Dans les récits de Champlain, les Indiens, affamés en
hiver, sont heureux de dévorer des charognes… Rick Bass,
écrivain contemporain, retrouve cette cruauté dans les vallées
perdues et sauvages du Montana, tout près du Canada.*

L'hiver avait été rigoureux dans le nord du Montana, si rigoureux que des corbeaux tombaient parfois du ciel en plein vol, les organes internes
apparemment éclatés, et tels de grands lambeaux
de chiffons noirs, ils tombaient dans les bois ou
dans une pâture, percutant la terre à quelques
semaines du printemps.

Les chevaux efflanqués, ceux que les coyotes et les
loups n'avaient pas eus, s'approchaient alors ; ils

ramassaient ces corbeaux entre leurs dents et se mettaient à les manger en mâchant leurs plumes noires et luisantes.

Il n'y avait rien d'autre.

Les gens étaient tellement à cran que même le saloon ferma. Les autres hivers, ils y allaient pour se retrouver, discuter, boire et se lamenter collectivement, mais maintenant les bagarres se multipliaient, ainsi que les duels au pistolet dans la neige, des duels qui ne tuaient jamais personne, pas à trente mètres avec les calibres 22 qui restaient en permanence sur le comptoir du saloon, à disposition des clients. La neige, qui d'habitude tourbillonnait en tempête, diminuait encore les risques d'accident, même si l'un des duellistes blessait souvent l'autre, l'atteignant à la cuisse ou à l'épaule.

Norman MACLEAN (1902-1990)

La rivière du sixième jour (1976)

(Trad. de Marie-Claire Pasquier,
Deuxtemps Tierce, 1992)

Cet extrait instaure la possibilité d'une harmonie universelle de l'homme avec la nature, comme douée de parole. L'émerveillement du lien l'emporte sur tout sentiment d'angoisse. L'homme appartient au monde, au sens où il en est l'un des atomes, au même titre que la rivière ou la montagne.

Sur la Big Blackfoot[1], au-dessus de l'embouchure du Belmont Creek, les berges sont bordées de grands pins Ponderosa à écorce jaune. Dans la lumière oblique de cette fin d'après-midi, l'ombre

---

1. C'est le nom de la rivière, du nom des Indiens Blackfoot.

des grandes branches se penchait sur la rivière, depuis l'autre rive. Les arbres semblaient enserrer la rivière. Et puis l'ombre a gagné la berge où nous étions et a fini par nous englober.

Une rivière a tant de choses à dire qu'il est difficile de distinguer ce qu'elle dit à chacun en particulier. [...]

Bien sûr, à mon âge, je ne vaux plus grand-chose comme pêcheur, et bien sûr, le plus souvent, je pêche seul dans les grandes rivières, malgré mes amis qui trouvent que ce n'est guère raisonnable. Souvent, comme beaucoup de pêcheurs à la mouche de l'ouest du Montana, où les jours d'été sont d'une longueur presque boréale, j'attends la fraîcheur du soir pour commencer à pêcher. Alors, dans le demi-jour boréal du canyon, tout ce qui existe au monde s'estompe, et il n'y a plus que mon âme, mes souvenirs, les voix mêlées de la Blackfoot River, le rythme à quatre temps et l'espoir de voir un poisson venir à la surface.

À la fin, toutes choses viennent se fondre en une seule, et au milieu coule une rivière. La rivière a creusé son lit au moment du grand déluge, elle recouvre les rochers d'un élan surgi de l'origine des temps. Sur certains des rochers, il y a la trace laissée par les gouttes d'une pluie immémoriale. Sous les rochers, il y a les paroles, parfois les paroles sont l'émanation des rochers eux-mêmes.

Je suis hanté par les eaux.

Lire aussi les poésies de Walt WHITMAN (*Feuilles d'herbe*) ; Edgar Allan POE, *Les Aventures d'Arthur Gordon Pym* ; Jack LONDON, *L'Appel de la forêt* ; Mark TWAIN, *Les Aventures d'Huckleberry Finn* ; Jon KRAKAUER, *Into the wild*, porté à l'écran par Sean PENN en 2008.

2.

Le voyage, rêve ou mirage ?

Les deux poèmes qui suivent s'interrogent sur l'appel de l'espace et de l'aventure, autour de la quête infinie de l'inconnu. Les rêves de merveilles ne sont-ils pas finalement des mirages ?

José-Maria de HÉRÉDIA (1842-1905)

« Les conquérants »

Les Trophées (1893)

(« Poésie/Gallimard » n° 153)

Ce sonnet illustre à la fois la menace que représentent les colons, prédateurs brutaux comparés à des oiseaux de proie (les gerfauts), et le rêve immense dont ils sont nourris. On sera attentif, dans les tercets, aux images resplendissantes, aux couleurs fascinantes évoquant le monde du rêve, entre veille et sommeil, entre illusion et réalité.

Comme un vol de gerfauts hors du charnier natal,
Fatigués de porter leurs misères hautaines,
De Palos de Moguer[1], routiers et capitaines
Partaient, ivres d'un rêve héroïque et brutal.

Ils allaient conquérir le fabuleux métal
Que Cipango[2] mûrit dans ses mines lointaines,
Et les vents alizés inclinaient leurs antennes
Aux bords mystérieux du monde occidental.

---

1. Port de départ de Christophe Colomb.
2. L'or du Japon. Cipango est le nom que Marco Polo donne au Japon.

Chaque soir, espérant des lendemains épiques,
L'azur phosphorescent de la mer des Tropiques
Enchantait leur sommeil d'un mirage doré ;

Ou, penchés à l'avant de blanches caravelles,
Ils regardaient monter en un ciel ignoré[1]
Du fond de l'Océan des étoiles nouvelles.

Charles BAUDELAIRE (1821-1867)

« Le Voyage »

Les Fleurs du mal (1857)

(« Folioplus classiques » n° 17)

La tension entre rêves et souvenirs alimente la trame de certains des récits de Champlain. Ce poème commence par évoquer les pouvoirs d'une carte géographique, offrant rêverie et désir d'un pays imaginé. La confrontation avec la réalité apparaît d'autant plus décevante, réduisant le rêve à des dimensions plus courtes. Pour autant, le voyage aura offert à l'homme déraciné une forme d'oubli qui lui permet de renaître, différent.

I

Pour l'enfant, amoureux de cartes et d'estampes,
L'univers est égal à son vaste appétit.
Ah ! que le monde est grand à la clarté des lampes !
Aux yeux du souvenir que le monde est petit !

Un matin nous partons, le cerveau plein de flamme,
Le cœur gros de rancune et de désirs amers,

---

1. Le ciel de l'hémisphère Sud leur est inconnu, les étoiles qui se reflètent dans l'eau de l'océan, et « montent » alors jusqu'à leurs yeux, selon un mouvement inversé à l'image des hémisphères, sont des constellations nouvelles aux yeux des Européens.

Et nous allons, suivant le rythme de la lame,
Berçant notre infini sur le fini des mers :

Les uns, joyeux de fuir une patrie infâme ;
D'autres, l'horreur de leurs berceaux, et quelques-uns,
Astrologues noyés dans les yeux d'une femme,
La Circé[1] tyrannique aux dangereux parfums.

Pour n'être pas changés en bêtes, ils s'enivrent
D'espace et de lumière et de cieux embrasés ;
La glace qui les mord, les soleils qui les cuivrent,
Effacent lentement la marque des baisers.

Mais les vrais voyageurs sont ceux-là seuls qui partent
Pour partir ; cœurs légers, semblables aux ballons,
De leur fatalité jamais ils ne s'écartent,
Et sans savoir pourquoi, disent toujours : Allons !

Ceux-là, dont les désirs ont la forme des nues,
Et qui rêvent, ainsi qu'un conscrit[2] le canon,
De vastes voluptés, changeantes, inconnues,
Et dont l'esprit humain n'a jamais su le nom !

II

Nous imitons, horreur ! la toupie et la boule
Dans leur valse et leurs bonds ; même dans nos sommeils
La Curiosité nous tourmente et nous roule,
Comme un ange cruel qui fouette des soleils.

Singulière fortune où le but se déplace,
Et, n'étant nulle part, peut être n'importe où !

---

1. Circé est une magicienne maléfique associée au voyage,
puisqu'elle apparaît dans *l'Odyssée* d'Homère. Elle ensorcelle les
compagnons d'Ulysse et les transforme en porcs. Seul Ulysse, pré-
venu par Hermès et porteur d'une plante qui le préserve de la dro-
gue, pourra libérer ses compagnons.
2. Un conscrit est un jeune soldat appelé au service militaire, qui
n'a encore jamais manié une arme.

Où l'Homme, dont jamais l'espérance ne se lasse,
Pour trouver le repos court toujours comme un fou !

Notre âme est un trois-mâts cherchant son Icarie ;
Une voix retentit sur le pont : « Ouvre l'œil ! »
Une voix de la hune, ardente et folle, crie :
« Amour… gloire… bonheur ! » Enfer ! c'est un écueil !

Chaque îlot signalé par l'homme de vigie
Est un Eldorado promis par le destin ;
L'Imagination qui dresse son orgie
Ne trouve qu'un récif aux clartés du matin.

Ô le pauvre amoureux des pays chimériques !
Faut-il le mettre aux fers, le jeter à la mer,
Ce matelot ivrogne, inventeur d'Amériques
Dont le mirage rend le gouffre plus amer ?

Tel le vieux vagabond, piétinant dans la boue,
Rêve, le nez en l'air, de brillants paradis ;
Son œil ensorcelé découvre une Capoue[1]
Partout où la chandelle illumine un taudis.

III

Étonnants voyageurs ! Quelles nobles histoires
Nous lisons dans vos yeux profonds comme les mers !
Montrez-nous les écrins de vos riches mémoires,
Ces bijoux merveilleux, faits d'astres et d'éthers.

Nous voulons voyager sans vapeur et sans voile !
Faites, pour égayer l'ennui de nos prisons,
Passer sur nos esprits, tendus comme une toile,
Vos souvenirs avec leurs cadres d'horizons.

Dites, qu'avez-vous vu ?

---

1. Capoue était une ville romaine connue pour ses « délices » : on pouvait y jouir de toutes sortes de plaisirs des sens et se laisser aller aux illusions d'une vie facile.

3.

Jeux de cartes

Lewis CARROLL (1832-1898)

La Chasse au Snark (1876)

(Trad. de Jacques Roubaud,
« Folio n° 5045 », 2010)

Champlain se voit désorienté lorsqu'il se perd dans les glaces ; par ailleurs il poursuit une quête impossible, la route vers la Chine, dans un espace vierge pour lequel il n'existe aucun plan. La Chasse au Snark, quête insensée d'un animal qui n'existe pas, dans un monde sans cartes, éclaire à sa manière comique et folle ce type d'entreprise délirante.

Dans l'univers du nonsense cher à Lewis Carroll, la carte perd sa valeur de guide et ne permet plus de s'orienter dans le monde. Une carte vide devient ainsi plus prometteuse et interprétable, « compréhensible », que les tracés savants d'un Mercator, « signes conventionnels » renvoyés à un code de pure forme, autant dire à un arbitraire vide de sens.

Dans le « vide parfait et absolu » de la meilleure carte qui soit, le décor inquiète tout de même, et l'on retrouve par-delà l'humour d'une telle aventure, l'étrange atmosphère, presque fantomatique, des navires égarés ou pris dans les glaces, les « crevasses et précipices ».

Le discours de l'Homme à la Cloche

L'Homme à la Cloche lui
tous aux nues   le portaient

Quel port   quelle aisance quelle grâce
     Et quelle   solennité
       Rien qu'à le voir   on sentait
Que c'était un homme plein   de sagesse.

Une grande carte   il avait acheté
     où la mer   était représentée
Sans terres   pas le moindre vestige
     Et l'équipage   fut heureux
       de constater   de ses yeux
Que cette carte était pour tous compréhensible.

     À quoi bon   Mercator[1]
  ses équateurs   ses pôles Nord
Ses tropiques   ses zones   ses méridiens
     L'Homme à la Cloche   criait
       et l'équipage   répondait
Ce ne sont   que des signes   conventionnels.

     Quelles formes   ont les cartes !
  quelles îles nues   quels caps !
     Remercions   notre bon   Capitaine
       S'écriait   l'équipage
     car la meilleure carte   il nous donne
Un vide   parfait   et absolu.

     Sans doute   c'est charmant
  mais ils découvrirent   avant longtemps
Que le Capitaine   qui avait toute leur confiance
     N'avait qu'une notion
       pour la traversée   des océans
Faire sonner   sa cloche   avec violence.

     Il était grave et digne
     mais il donnait des consignes
Propres à faire perdre   aux matelots   la tête
Quand il criait :   « à tribord ! »

---

1. Mercator, mathématicien et géographe, inventa en 1569 la
manière de projeter sur une carte plane la sphéricité du monde.

« mais tout droit   à bâbord ! »
Que diable   le timonier   devait-il faire ?

Et le beaupré   parfois
se confondait   avec le gouvernail
Chose qui comme l'Homme à la Cloche le fit remarquer
Arrive fréquemment
dans un climat tropical
Quand le navire   est pour ainsi dire   « ensnarké ».

Mais sa faiblesse   principale
était la navigation   à la voile
L'Homme à la Cloche   malheureux   et perplexe
Par un vent d'est   disait
au moins   j'osais espérer
Que le navire   ne se dirigerait pas   vers l'ouest.

Mais le danger était passé
Enfin   ils débarquaient
Avec leurs malles   leurs sacs   et leurs valises
L'équipage   au premier abord
n'apprécia guère   le décor
Qui consistait   en crevasses   et précipices.

L'Homme à la Cloche   constata
que leur moral   était bas
Et il sortit   de sa voix   musicale
Toutes les astuces   qu'il avait gardées
pour les temps   troublés
Mais l'équipage   ne faisait entendre   que des râles.

Il leur versa   du grog
d'une main   démagogue
Les invitant   sur la plage   à s'asseoir
Et il ne purent   que convenir
que leur Capitaine   avait grande allure
Debout   pour prononcer   son discours.

« Amis romains
compatriotes   écoutez-moi ! »

Comme ils étaient tous amateurs de citations
Ils burent   à Shakespeare
ils poussèrent   trois hourras
Pendant qu'il versait   une nouvelle ration.

« Nous avons navigué   des mois
nous avons navigué   des semaines
Quatre semaines   par mois   je le remarque
Mais jamais   jusqu'ici
c'est votre Capitaine   qui vous le dit
Nous n'avons   même aperçu   un Snark.

nous avons navigué   des semaines
nous avons navigué   des jours
Sept jours   par semaine   je le reconnais
Mais nul Snark   que l'on puisse
Contempler   avec amour
Nous n'avons   jusqu'ici   rencontré. »

Georges PEREC (1936-1982)

Espèces d'espaces (1974)

(Galilée)

L'espace n'existe pas tant qu'il n'a pas été découvert. Il n'a aucun caractère d'évidence : il ne nous est pas donné, c'est à nous de le conquérir, de le construire, de le nommer. Dans Espèces d'espaces, *Georges Perec invite le lecteur, souvent par le jeu, à réfléchir à son rapport aux lieux qu'il ne connaît pas ou qu'il croit connaître, lieux du passé, désirés ou à découvrir, à conquérir ou à s'approprier. En posant les portulans comme trace originelle qui transforme un paysage en des lignes et des noms sur le papier, il éclaire les préoccupations de Champlain : l'espace, en tant qu'expérience vécue, peut se traduire, degré par degré, par des notations qui grignotent le blanc de la*

page. Nous avons réparti les extraits en trois sections,
pour plus de clarté ; les titres en gras sont de Perec.

Noms

L'espace commence ainsi, avec seulement des
mots, des signes tracés sur la page blanche. Décrire
l'espace : le nommer, le tracer, comme ces faiseurs
de portulans[1] qui saturaient les côtes de noms de
ports, de noms de caps, de noms de criques,
jusqu'à ce que la terre finisse par ne plus être sépa-
rée de la mer que par un ruban continu de texte.
L'aleph[2], ce lieu borgésien où le monde entier est
simultanément visible, est-il autre chose qu'un
alphabet ?
Espace inventaire, espace inventé : l'espace commence avec cette carte modèle qui, dans les
anciennes éditions du *Petit Larousse illustré*, repré-
sentait, sur 60 cm^2, quelque chose comme 65 termes géographiques, miraculeusement rassemblés,
délibérément abstraits : voici le désert, avec son
oasis, son oued et son chott, voici la source et le
ruisseau, le torrent, la rivière, le canal, le confluent,
le fleuve, l'estuaire, l'embouchure et le delta, voici
la mer et ses îles, son archipel, ses îlots, ses récifs,

---

1. Les portulans sont les premières cartes, qui signalaient tous les
ports d'une côte.
2. Objet imaginé dans une nouvelle de J.-L. Borges intitulée
L'Aleph ; c'est une petite sphère de deux ou trois centimètres de dia-
mètre, aux couleurs chatoyantes, et qui renferme une infinité de
spectacles vertigineux : en effet, on peut y voir simultanément les différentes parties du monde. Chaque chose y est montrée de tous les
points de l'univers, et toutes les choses sont vues (chaque grain de
sable du désert, etc.) en même temps. Pour saisir toute la complexité
de l'objet et son rapport au langage, il faut se souvenir que le mot
« aleph » est le nom de la première lettre de l'alphabet hébreu : cet
objet multiplicateur de visions et de lieux est à l'origine de tout langage.

ses écueils, ses brisants, son cordon littoral, et voici le détroit, et l'isthme, et la péninsule, et l'anse et le goulet, et le golfe et la baie, et le cap et la crique, et le bec, et le promontoire, et la presqu'île, voici la lagune et la falaise, voici les dunes, voici la plage, et les étangs, et les marais, voici le lac, et voici les montagnes, le pic, le glacier, le volcan, le contrefort, le versant, le col, le défilé, voici la plaine, et le plateau, et le coteau, et la colline ; voici la ville et sa rade, et son port, et son phare…

Jeux

Nouveau continent
Ohé, les gars, nous sommes découverts !
(un Indien, apercevant Christophe Colomb)

Mesures
Comme tout le monde, je suppose, je me sens attiré par les points zéro : ces axes et ces points de référence à partir desquels peuvent être déterminées les positions et les distances de n'importe quel objet de l'univers :
— l'équateur
— le méridien de Greenwich
— le niveau de la mer.
[...]
Ici même, en ce moment, il ne me serait pas absolument impossible de déterminer ma position en degrés, minutes, secondes, dixièmes et centièmes de seconde : quelque part aux alentours du 49e degré de latitude nord, quelque part aux alentours de 2°10'1''4 à l'est du méridien de Greenwich (ou seulement quelques fractions de secondes à l'ouest du méridien de Paris), et quelques dizaines de mètres au-dessus du niveau de la mer.

J'ai lu récemment qu'une lettre avait été postée, en Angleterre, avec, pour seule adresse, une latitude et une longitude. L'expéditeur, évidemment, était, sinon géographe, du moins arpenteur ou agent du cadastre, et le destinataire, il est vrai, habitait, seul, une maison suffisamment isolée pour être effectivement repérable. Il n'empêche que la lettre est arrivée.

Jouer avec l'espace
Jouer avec les grands nombres (factorielles, suites de Fibonacci, progressions géométriques) :
Distance de la Terre à la Lune : une feuille de papier à cigarettes si fine qu'il en faudrait 1000 pour obtenir un millimètre, pliée en deux 49 fois de suite ;
Distance de la Terre au Soleil : la même, pliée en deux 58 fois de suite ;
Distance de Pluton au Soleil : toujours la même : en la pliant 4 fois de plus, on est un peu juste, mais en la pliant 5 fois de plus, on dépasse d'un peu plus de 3 000 000 000 de kilomètres ;
Distance de la Terre à Alpha du Centaure : 15 pliures de plus.

Jouer avec les distances : préparer un voyage qui vous permettra de visiter ou de parcourir tous les lieux se trouvant à 314,60 km de votre domicile ;
Regarder sur des plans, sur des cartes d'état-major le chemin que l'on a parcouru.

Jouer avec les mesures : se réhabituer aux pieds et aux lieues (ne serait-ce que pour lire plus commodément Stendhal, Dumas ou Jules Verne)[1] ; essayer de se faire, une fois pour toutes, une idée précise de ce qu'est un mille marin (et, par la même occa-

_____
1. Et aussi Champlain !

sion, un nœud) ; se souvenir qu'un journal est une unité de surface : c'est la superficie qu'un ouvrier agricole peut labourer en une journée.

Jouer avec l'espace :
Susciter une éclipse de soleil en levant le petit doigt (ce que fait Léopold Bloom, dans *Ulysse*[1]).
Se faire photographier en soutenant la tour de Pise…

Le monde

Que peut-on connaître du monde ? De notre naissance à notre mort, quelle quantité d'espace notre regard peut-il espérer balayer ? Combien de centimètres carrés de la planète Terre nos semelles auront-elles touchés ?
Parcourir le monde, le sillonner en tous sens, ce ne sera jamais qu'en connaître quelques ares, quelques arpents.
[…]
L'espace est un doute : il me faut sans cesse le marquer, le désigner ; il n'est jamais à moi, il ne m'est jamais donné, il faut que j'en fasse la conquête.
Mes espaces sont fragiles : le temps va les user, va les détruire : rien ne ressemblera plus à ce qui était, mes souvenirs me trahiront, l'oubli s'infiltrera dans ma mémoire, je regarderai sans les reconnaître quelques photos jaunies aux bords tout cassés. Il n'y aura plus écrit en lettres de porcelaine blanche collées en arc de cercle sur la glace du petit café de la rue Coquillière : « Ici, on consulte le Bottin » et « Casse-croûte à toute heure ».

---

1. *Ulysse*, roman de James Joyce dont L. Bloom est le héros.

L'espace fond comme le sable coule entre les
doigts. Le temps l'emporte et ne m'en laisse que
des lambeaux informes :
Écrire : essayer méticuleusement de retenir quelque chose, de faire survivre quelque chose : arra-
cher quelques bribes précises au vide qui se creuse,
laisser, quelque part, un sillon, une trace, une marque ou quelques signes.

Albums et documentaires

Jean-Paul Duviols, *Sur les traces de… Christophe Colomb*,
Gallimard Jeunesse.
Michel Lequenne, *Christophe Colomb, amiral de la mer
océane*, Découvertes, Gallimard, n° 120.
François Place, *Atlas des géographes d'Orbæ* (3 volumes de
voyages imaginaires et cartographiés, fictions appuyées
sur des documents d'époque ; parutions de certaines histoires en éditions séparées : *Le pays des frissons*, *Le pays de
la rivière rouge*, *Les derniers géants*, *Montagnes de la Mandra-
gore…*), Casterman-Gallimard ; *Le livre des marchands*, *Le
livre des explorateurs*, *Le livre du navigateur*, *Le livre des
conquérants*, Gallimard Jeunesse.
Étienne Taillemite, *Les découvertes du Pacifique*, Découvertes, Gallimard, n° 21.

Groupement
de textes stylistique

Voyages, traversées, découverte de l'autre

COMMENT LES RÉCITS DE VOYAGES et les écrits
des philosophes, avant et après Champlain, parvien-
nent-ils à créer une certaine image du « sauvage » ?

1.

Comment rendre compte de la nouveauté ?

Qu'est-ce qu'un témoignage authentique ? L'auteur
doit-il se mettre en scène dans son récit de
voyage ? Gagnons-nous à comparer les usages nouveaux aux écrits des Anciens ou est-il préférable de
rapporter, simplement, ce qui a été vu, sans commen-
taire savant, mais en restituant les émotions de
témoins ? Le débat fut agité au XVIe siècle. André Thevet, cosmographe qui craint d'être pris pour un menteur, annonce : « Tout ce que je vous dis et raconte ne
s'apprend point dans les écoles de Paris, ni dans
aucune des universités de l'Europe, mais sur le pont
d'un navire, sous la leçon des vents, et la plume en est
le cadran et la boussole, tenant ordinairement l'astro-

labe devant la clarté du Soleil » (Cosmographie universelle, 1575). Montaigne rappellera cette nécessité première.

Michel de MONTAIGNE (1533-1592)

« Des Cannibales »

Les Essais, I, 30 (1580-1595)

(« Folio classique » n° 289, modernisation
par Myriam Marrache-Gouraud)

Cet homme que j'avais était simple et grossier[1], condition propre à rendre un véritable témoignage. Car les fines gens remarquent bien plus curieusement, et plus de choses, mais ils les glosent[2] : et pour faire valoir leur interprétation, et persuader, ils ne peuvent se garder d'altérer un peu l'histoire. Ils ne vous représentent jamais les choses pures : ils les déforment et masquent selon l'apparence qu'ils leur ont vu : et pour donner crédit à leur jugement, et vous y attirer, prêtent volontiers cet aspect à la matière, l'allongent et l'amplifient. Ou il faut un homme très fidèle, ou si simple, qu'il n'ait pas de quoi bâtir et donner de la vraisemblance à des inventions fausses : et qui n'ait rien épousé[3]. Le mien était tel : et outre cela il m'a fait voir à diverses fois plusieurs matelots et marchands, qu'il avait connus en ce voyage. Ainsi je me contente de cette information, sans m'enquérir

---

1. Montaigne a parmi ses domestiques un homme qui a participé à un voyage au Brésil ; « grossier » signifie qu'il n'est pas raffiné, ni savant, au point de farder la réalité.
2. Commentent.
3. Qui ne défende aucune cause (politique ou religieuse) susceptible d'influencer son propos.

de ce que les Cosmographes en disent. Il nous faudrait des topographes, qui nous fissent narration
particulière des endroits où ils ont été.

Jean de LÉRY (1534-1613)
Histoire d'un voyage
en terre de Brésil (1580)

(Éd. F. Lestringant, Livre de Poche, 1994,
modernisation par Myriam Marrache-Gouraud)

Jean de Léry authentifie son propos en se posant comme
témoin subjectif parlant à la première personne et en res-
tituant ses émotions marquantes, quitte à ce qu'elles ne
fassent pas de lui un héros, comme cette frayeur ressentie
lors de l'impressionnant échange de regards avec un
lézard rencontré dans la jungle.

Comme deux autres Français et moi fîmes un
jour cette faute de nous mettre en chemin pour
visiter le pays, sans (selon la coutume) avoir des
sauvages pour guides, nous étant égarés par les
bois, alors que nous allions le long d'une profonde
vallée, nous entendîmes le bruit et le mouvement
d'une bête qui venait à nous ; pensant que c'était
quelque sauvage, sans nous en soucier ni cesser
d'avancer, nous n'en fîmes pas grand cas. Mais
tout soudain à droite, et à environ trente pas de
nous, nous vîmes paraître sur le coteau un lézard
beaucoup plus gros que le corps d'un homme, et
long de six à sept pieds, tout couvert d'écailles
blanchâtres, âpres et raboteuses comme des coquilles
d'huîtres ; l'une de ses pattes levée devant lui, la
tête haute et les yeux étincelants, il s'arrêta brus-
quement pour nous regarder. Voyant cela, et
aucun d'entre nous n'ayant d'arquebuses ni de pis-

tolets, mais seulement nos épées, et, à la manière des sauvages, chacun l'arc et les flèches en main (armes qui ne pouvaient guère nous servir contre ce furieux animal si bien caparaçonné), craignant néanmoins que, si nous prenions la fuite, il ne coure plus vite que nous, et que nous ayant attrapés il ne nous engloutît et dévorât... Fort étonnés que nous fûmes en nous regardant mutuellement, nous demeurâmes ainsi silencieux et immobiles, sur place. Ainsi, ce monstrueux et épouvantable lézard, ouvrant la gueule, et soufflant si fort à cause de la grande chaleur qu'il faisait (car le soleil brillait et il était alors environ midi) que nous l'entendions aisément, nous contempla près d'un quart d'heure. Puis, se retournant tout à coup, et faisant plus grand bruit et fracas de feuilles et de branches sur son passage que ne le ferait un cerf courant dans une forêt, il s'enfuit vers la montagne. Nous, qui avions eu l'une de nos belles peurs, nous nous gardâmes bien de lui courir après, et, louant Dieu qui nous avait délivrés de ce danger, nous poursuivîmes notre chemin. J'ai pensé depuis, suivant l'opinion de ceux qui disent que le lézard se délecte à la face de l'homme[1], que celui-là avait pris un aussi grand plaisir à nous regarder que nous avions eu peur à le contempler.

(Chapitre 10)

---

1. Ce trait légendaire attribué au lézard pourrait venir de l'*Histoire naturelle* de Pline.

2.

Entre terreur et fascination

Q ue penser des combats des sauvages : sont-ils proches de l'ange ou de la bête farouche ? Les voyageurs peinent à trouver un angle juste pour en parler
et oscillent sans cesse entre terreur (comparaisons avec
les animaux) et fascination : courage physique, dextérité
des déplacements, couleurs font de ces scènes de véritables spectacles, jugés par tous au XVIᵉ siècle comme de
« beaux passe-temps ».

Jean de LÉRY
Histoire d'un voyage en terre de Brésil

*Avant d'entreprendre la description de l'un de ces
combats, Jean de Léry insiste une fois encore sur la
valeur de son regard de témoin : « On ne pourrait croire
à quel point le combat est cruel et terrible : en ayant moi-
même été spectateur, je puis en dire la vérité. »*

Nous vîmes ces barbares combattre avec une telle
furie, que des gens forcenés et ayant perdu la raison n'auraient pas fait pire.
D'abord quand nos Tupinambas eurent aperçu
leurs ennemis à environ un demi-quart de lieue,
ils se mirent à hurler de telle façon que non seulement ceux qui vont à la chasse au loup chez
nous, en comparaison, ne font pas tant de bruit,
mais aussi assurément, ils fendaient tellement
l'air de leurs cris et de leur voix que si le tonnerre
avait retenti à ce moment-là nous ne l'aurions pas
entendu. Et de plus, à mesure qu'ils approchaient, redoublant leurs cris, ils sonnaient de

leur cornet, étendaient les bras en se menaçant et se montrant les uns aux autres les os des prisonniers qui avaient été mangés, voire les dents enfilées en collier, dont certains avaient plus de deux brasses pendues à leur cou : c'était une horreur de voir leur mine. Mais au moment de l'affrontement ce fut encore le pire : car sitôt qu'ils furent à deux ou trois cents pas les uns des autres, ils se saluèrent à grands coups de flèches, et dès le commencement de cette escarmouche, vous pouviez en voir voler une infinité en l'air, aussi drues que des mouches. Si certains en étaient atteints, comme plusieurs le furent, avec un merveilleux courage ils se les arrachaient et les rompaient comme des chiens enragés mordant des morceaux à belles dents, et ils ne manquaient pas pour autant de retourner tout blessés au combat. Sur ce point il faut noter que ces Américains sont si acharnés en leurs guerres, que tant qu'ils peuvent remuer bras et jambes, ils combattent avec constance, sans reculer ni tourner le dos. Finalement, quand ils furent mêlés, ce fut avec leurs épées et massues de bois, à grands coups et à deux mains, en chargeant de telle façon les uns contre les autres que celui qui rencontrait la tête de son ennemi, il ne l'envoyait pas seulement par terre, mais l'assommait, comme le font les bouchers avec les bœufs chez nous.

[...]

Si vous demandiez maintenant, « Et toi et ton compagnon, que faisiez-vous durant cette escarmouche ? Ne combattiez-vous pas avec les sauvages ? », je répondrais, pour ne rien cacher, qu'en nous contentant d'avoir fait cette première folie de nous être ainsi hasardés avec ces barbares, nous tenant à l'arrière-garde, nous avions uniquement pour passe-temps de juger les coups. Et j'ajouterais encore que, bien qu'ayant souvent vu des combats d'hommes en armes, tant à pied qu'à cheval, en nos pays, que néanmoins je n'ai jamais eu tant de contentement en mon esprit, voyant les compagnies de fantassins avec leurs casques dorés et leurs armes luisantes, que j'eus de plaisir à voir combattre ces sauvages. Car outre le passe-temps qu'il y avait de les voir sauter, siffler, et si adroitement et habilement se disposer en rond et en demi-cercle, encore était-ce un émerveillement que de voir non seulement tant de flèches, avec leur grand empennage de plumes rouges, bleues, vertes, rose vif, et d'autres couleurs, voler en l'air parmi les rayons du soleil qui les faisait étinceler, mais aussi tant de robes, bonnets, bracelets et autres attirails faits aussi de ces plumes naturelles et simples, dont les sauvages étaient vêtus.

(Chapitre 14)

André THEVET (1503 ou 1504-1592)

Les Singularités
de la France antarctique (1557)

(Éd. F. Lestringant, Chandeigne, 1997,
modernisation par Myriam Marrache-Gouraud)

Il faut prêter attention, ici, à toutes les comparaisons. En humaniste, Thevet ajoute au plaisir du spectacle une note de noblesse, grâce à des comparaisons flatteuses et admiratives avec les usages de la Grèce ancienne et de Rome. Le texte garde toutefois son ambivalence, puisque par ailleurs les motifs de guerre rapprochent les indigènes des « bêtes brutes »...

Et avant d'exécuter quelque grande entreprise, à la guerre ou ailleurs, ils font une assemblée, principalement des vieux, sans femmes ni enfants, d'une telle grâce et humilité, qu'ils parleront l'un après l'autre, et celui qui parle sera attentivement écouté. Puis, ayant fait sa harangue, il cède sa place à un autre, et ainsi de suite. Les auditeurs sont tous assis par terre, sauf quelques-uns parmi eux qui, en respect de quelque prééminence de lignée ou autre, seront alors assis sur leur lit. En voyant cela, me revint en mémoire cette louable coutume des gouverneurs de Thèbes, ancienne ville de la Grèce, qui, pour délibérer ensemble au sujet de la République, étaient toujours assis par terre. On estime que cette façon de faire est signe de prudence, car selon les philosophes il est certain que lorsque le corps est assis au repos, les esprits sont plus prudents et plus libres, car ils ne sont pas alors occupés par le corps qui se repose, comme ils le seraient autrement. [...]

Quand ils veulent surprendre un village, ils se cachent et se dissimulent de nuit dans les bois ainsi que des renards, se tenant là quelque temps jusqu'à ce qu'ils trouvent l'opportunité de se ruer dessus. Arrivant dans un village, leur tactique est de jeter du feu sur les cases de leurs ennemis pour les en faire sortir avec tous leurs biens, femmes et enfants. Étant assaillis, ils chargent les uns sur les autres confusément, à coups de flèches, de masses et d'épées de bois, au point que jamais il n'y eut si beau passe-temps que de voir une telle mêlée. Ils se prennent et se mordent avec les dents sur tous les endroits du corps qu'ils peuvent rencontrer, et s'attrapent par leurs lèvres trouées, montrant quelquefois pour intimider leurs ennemis les os de ceux qu'ils ont vaincus en guerre et mangés ; bref ils emploient tous les moyens possibles pour les mettre en rage.

[...] Vous avouerez que la cause de leur guerre est assez mal fondée, pour le seul appétit de quelque vengeance, sans autre raison, tout comme des bêtes brutes, et sans pouvoir se mettre d'accord par quelque honnête sentiment : ils disent que par principe ce sont leurs ennemis depuis toujours. Ils se rassemblent donc, comme nous l'avons dit, en grand nombre pour aller trouver leurs ennemis, surtout s'ils ont reçu quelque offense récente. Et lorsqu'ils se rencontrent, ils se battent à coups de flèches, jusqu'à se saisir corps à corps et ils s'empoignent par les bras, les oreilles, se donnent des coups de poing. Vous pouvez vous imaginer que les plus forts l'emportent. Ils sont tellement obstinés et courageux qu'avant de se rejoindre et de se battre, lorsqu'ils sont encore dans la campagne éloignés les uns des autres de la portée d'une arquebuse, ils se regardent et se menacent quelquefois pendant un jour entier, montrant le visage le plus cruel et épouvantable possible, hurlant et criant si confusément que l'on ne pourrait entendre le tonnerre, et montrant encore leurs sentiments par des signes des bras et des mains, qu'ils élèvent haut avec leurs épées et massues de bois. « Nous sommes vaillants, disent-ils, nous avons mangé vos parents, nous vous mangerons aussi », et d'autres menaces en l'air.

En cela les sauvages semblent observer l'ancienne manière de guerroyer des Romains, qui avant de commencer la bataille poussaient des cris épouvantables et proféraient de grandes menaces. Cela a été pareillement pratiqué depuis par les Gaulois en leurs guerres, ainsi que le décrit Tite-Live. L'une et l'autre façon de faire m'a semblé être fort différente de celle des Achéens dont parle Homère, parce qu'eux, lorsqu'ils étaient prêts à batailler et à donner l'assaut à leurs ennemis, ne faisaient aucun bruit, et se retenaient complètement de parler.

(Chapitres 38, 39)

3.

Sages sauvages

Champlain, en racontant les entrevues qu'il a avec les sauvages, restitue leurs paroles au discours direct, ainsi que leurs arguments, dont on se rend compte, souvent, qu'ils sont pleins de bon sens. C'est une question d'actualité depuis les grandes découvertes que de se demander si les sauvages ont une âme, si ce sont des bêtes, s'ils peuvent raisonner comme des humains... De quel côté est véritablement la barbarie ? et la civilisation ? En donnant la parole aux indigènes, Montaigne et Diderot engagent une réflexion sur leur propre société, car ce regard exotique leur renvoie, comme un miroir, une étrange image, avec une sagesse déconcertante.

Michel de MONTAIGNE

« Des Cannibales »

Les Essais, I, 30

Leur langage au demeurant, c'est un langage doux, et qui a le son agréable, ressemblant aux sonorités grecques. Trois d'entre eux, ignorant combien coûtera un jour à leur repos, et à leur bonheur, la connaissance des corruptions d'ici, et que de cette fréquentation naîtra leur ruine, comme je prévois qu'elle est déjà avancée (ils sont bien misérables de s'être laissé tromper au désir de la nouveauté, et d'avoir quitté la douceur de leur ciel pour venir voir le nôtre), trois, dis-je, vinrent à Rouen, au temps où le feu roi Charles IX y était. Le roi leur parla longtemps, on leur fit voir nos manières, notre pompe[1], la forme d'une belle ville[2]. Après cela quelqu'un leur en demanda leur avis, et voulut savoir ce qu'ils avaient le plus admiré : ils répondirent trois choses ; j'ai hélas oublié la troisième, et je le regrette bien, toutefois j'en ai encore deux en mémoire. Ils dirent qu'ils trouvaient en premier lieu fort étrange que tant de grands hommes portant la barbe, forts et armés, qui étaient autour du roi (il est vraisemblable qu'ils parlaient des Suisses de sa garde), se soumettent à obéir à un enfant[3], et ne soient pas plutôt choisis pour commander. En second (ils ont une façon de parler des hommes en les nommant « moitiés » les uns des autres) ils s'étaient aperçus qu'il y avait parmi nous des hommes comblés et gorgés de toutes sortes de commodités, et que leurs moitiés étaient mendiants à leurs portes, décharnés de faim et de pauvreté ; et ils trouvaient étrange que ces moitiés-ci, nécessiteuses, puissent supporter une telle injustice sans prendre les autres à la gorge ou mettre le feu à leurs maisons. Je parlai à l'un d'eux fort longtemps.

Denis DIDEROT (1713-1784)

Supplément
au voyage de Bougainville (1772-1779)

(« La Bibliothèque Gallimard » n° 104)

De 1766 à 1769, Bougainville fit un tour du monde au nom du roi de France ; il publia à son retour son

1. Le luxe de nos cérémonies officielles.
2. Rouen était alors la seconde ville du royaume, par la beauté, après Paris.
3. Charles IX n'était alors âgé que de douze ans.

Voyage autour du monde *(1771). Diderot, dans le*
Supplément *au voyage de Bougainville, écrit de
1772 à 1779, revient sur le caractère injustifiable de la
colonisation en faisant prononcer au vieux Tahitien un
discours empreint de sagesse qui, argument après argument, exemple après exemple, met l'Européen, supposé
porteur des « lumières » de la civilisation, face à sa propre barbarie.*

C'est un vieillard qui parle. Il était père d'une
famille nombreuse. À l'arrivée des Européens, il
laissa tomber des regards de dédain sur eux, sans
marquer ni étonnement, ni frayeur, ni curiosité. Ils
l'abordèrent ; il leur tourna le dos et se retira dans
sa cabane. Son silence et son souci ne décelaient
que trop sa pensée : il gémissait en lui-même sur
les beaux jours de son pays éclipsés. Au départ de
Bougainville, lorsque les habitants accouraient en
foule sur le rivage, s'attachaient à ses vêtements,
serraient ses camarades entre leurs bras, et pleu-
raient, ce vieillard s'avança d'un air sévère, et dit :
« Pleurez, malheureux Tahitiens ! Pleurez ; mais
que ce soit de l'arrivée, et non du départ de ces
hommes ambitieux et méchants : un jour, vous les
connaîtrez mieux. Un jour, ils reviendront, le morceau de bois[1] que vous voyez attaché à la ceinture
de celui-ci, dans une main, et le fer qui pend au
côté de celui-là, dans l'autre, vous enchaîner, vous
égorger, ou vous assujettir à leurs extravagances et
à leurs vices ; un jour vous servirez sous eux, aussi
corrompus, aussi vils, aussi malheureux qu'eux.
Mais je me console ; je touche à la fin de ma carrière[2] ; et la calamité que je vous annonce, je ne la
verrai point. Ô Tahitiens ! Ô mes amis ! Vous
auriez un moyen d'échapper à un funeste avenir ;

---

1. Le crucifix.
2. La vie.

mais j'aimerais mieux mourir que de vous en donner le conseil. Qu'ils s'éloignent, et qu'ils vivent. »
Puis s'adressant à Bougainville, il ajouta : « Et toi,
chef des brigands qui t'obéissent, écarte promptement ton vaisseau de notre rive : nous sommes
innocents, nous sommes heureux ; et tu ne peux
que nuire à notre bonheur. Nous suivons le pur
instinct de la nature ; et tu as tenté d'effacer de
nos âmes son caractère. Ici tout est à tous ; et tu
nous as prêché je ne sais quelle distinction du *tien*
et du *mien*. Nos filles et nos femmes nous sont com-
munes ; tu as partagé ce privilège avec nous ; et tu
es venu allumer en elles des fureurs inconnues.
Elles sont devenues folles dans tes bras ; tu es
devenu féroce entre les leurs. Elles ont commencé
à se haïr ; vous vous êtes égorgés pour elles ; et
elles nous sont revenues teintes de votre sang.
Nous sommes libres ; et voilà que tu as enfoui dans
notre terre le titre de notre futur esclavage. Tu
n'es ni un dieu, ni un démon : qui es-tu donc,
pour faire des esclaves ? Orou[1] ! Toi qui entends la
langue de ces hommes-là, dis-nous à tous, comme
tu me l'as dit à moi-même, ce qu'ils ont écrit sur
cette lame de métal : *Ce pays est à nous*[2]. Ce pays est
à toi ! Et pourquoi ? Parce que tu y as mis le pied ?
Si un Tahitien débarquait un jour sur vos côtes, et
qu'il gravât sur une de vos pierres ou sur l'écorce
d'un de vos arbres *Ce pays est aux habitants de Tahiti*,
qu'en penserais-tu ? Tu es le plus fort ! Et qu'est-ce
que cela fait ? […] Tu n'es pas esclave : tu souffri-
rais plutôt la mort que de l'être, et tu veux nous
asservir ! Tu crois donc que le Tahitien ne sait pas
défendre sa liberté et mourir ? Celui dont tu veux

---

1. Orou est l'interprète de Bougainville, ramené en France et pro-
voquant l'admiration dans tous les salons.
2. Bougainville avait pris possession de Tahiti au nom de
Louis XV.

t'emparer comme de la brute, le Tahitien est ton frère. Vous êtes deux enfants de la nature ; quel droit as-tu sur lui qu'il n'ait pas sur toi ? Tu es venu ; nous sommes-nous jetés sur ta personne ? Avons-nous pillé ton vaisseau ? T'avons-nous saisi et exposé aux flèches de nos ennemis ? T'avons-nous associé dans nos champs au travail de nos animaux ? Nous avons respecté notre image en toi. Laisse-nous nos mœurs ; elles sont plus sages et plus honnêtes que les tiennes ; nous ne voulons point troquer ce que tu appelles notre ignorance, contre tes inutiles lumières.

(Chapitre 2)

Chronologie

Samuel de Champlain et son temps

LES FÊTES COMMÉMORANT le 400ᵉ anniversaire de la fondation de Québec en 2008 mirent, à juste titre, Champlain à l'honneur. Une majestueuse statue de bronze représentant le voyageur trône sur les hauteurs de la ville, les yeux tournés vers le Saint-Laurent. Comment cet homme, né dans le port saintongeais de Brouage, a-t-il pu devenir la figure tutélaire d'une ville du Nouveau Monde, aujourd'hui encore francophone ?

1.

Champlain avant 1608 : de Brouage aux sauvages

Nous disposons de peu de renseignements sur les débuts de sa carrière et sur sa formation. Son père, Antoine, est répertorié comme pilote à Brouage et capitaine de la marine, tout comme son oncle maternel. Le port de Brouage, très fréquenté à l'époque, est un lieu d'apprentissage assez fabuleux : Champlain s'initie sans doute au contact des mariniers aux

rudiments de la navigation et au maniement des instruments. Il entre dans l'armée royale en 1595, en qualité de fourrier : il doit choisir des campements pour
les troupes, les officiers et le roi, réquisitionner les
quartiers pour assurer le ravitaillement en vivres, savoir
partir en reconnaissance pour sécuriser les sites de
campements et assurer une défense des routes alentour... Esprit scientifique, excellent technicien : ces
qualités lui seront fort utiles de l'autre côté de l'Atlantique, lors des expéditions d'exploration, pour évaluer
l'acclimatation possible à l'environnement naturel.

Entre 1598 et 1601, Champlain effectue des voyages
secrets au Mexique pour le compte d'Henri IV, en tant
que « capitaine ordinaire pour le roi en la marine » : il
présente à la Cour, au retour, un manuscrit accompagné de dessins (*Bref discours*). Avec son compas et son
rapporteur, il a retranscrit sur le papier les angles et
les distances à l'échelle. Il utilise les mesures de son
temps : la toise (1,95 m), le pas (1,64 m) et la lieue française commune (3,8 km). Il n'a pas appris le métier
d'arpenteur à l'école, mais s'est formé lui-même par la
pratique, sans doute sur le navire de son oncle, car ses
écrits révèlent qu'il ne connaît pas les méthodes de
géométrie ni de trigonométrie. C'est un autodidacte.
On lui prête parfois le titre de géographe du roi, mais
c'est une façon simplifiée d'exprimer sa mission, car à
cette époque, un géographe ne se déplace pas, il dessine des cartes d'après les observations des autres, qu'il
compile en consultant les livres qui ont été écrits sur le
sujet.

Or, Champlain est avant tout un observateur : la
fonction de « voir ce pays, et ce que les entrepreneurs
y feraient » lui est confiée par le roi lors de la première expédition vers le Canada à laquelle il parti-

cipe, en 1603, sous le commandement de François Dupont-Gravé. Il s'agit pour lui de déterminer, un demi-siècle après Jacques Cartier, s'il serait possible d'établir une colonie sur le Saint-Laurent, au vu des conditions climatiques et des ressources naturelles qu'il y trouvera. La nature est pour lui un spectacle autant qu'un champ d'investigations. Il évoque dans ses écrits ce paysage puissant, fait de grandes forêts, de lacs, de rivières rapides, qui sont autant de promesses, mais aussi les « sauvages », ces hommes adroits qui vivent dans les bois, dans les neiges, dont il admire les savoir-faire et dont il veut découvrir la société si particulière. Il comprend très vite qu'il faut s'inspirer de leur mode de vie pour survivre dans ce pays et n'hésite pas à s'associer à eux pour aller chasser, pour se faire guider en canot ; il crée des alliances, s'engage à se battre à leurs côtés. Il assiste à des cérémonies, tente d'inculquer quelques principes chrétiens, remonte la rivière Richelieu, nomme différents lieux, et doit faire demi-tour devant le saut Saint-Louis, baptisé « Lachine ».

En 1604, sous le commandement, cette fois, de Pierre Dugua de Monts, qui vient d'obtenir du roi le monopole du commerce des fourrures, Champlain se rend plus au sud, en Acadie. Les conditions climatiques sont supposées meilleures que dans le golfe du Saint-Laurent, mais le premier hiver est particulièrement meurtrier sur l'île Sainte-Croix, où la petite colonie s'est établie : la moitié des hommes sont emportés par le scorbut (ou « maladie de la terre »). L'hiver suivant se passera à Port-Royal, où tous déménagent ; il est, une fois encore, très rigoureux.

1520-1521   Magellan trouve le détroit qui lui permet
            de faire le tour du monde et de vérifier que la
            Terre est ronde.

1523   Première exploration des côtes d'Amérique
            du Nord, de la Floride au Canada, par Verra-
            zano, missionné par François Ier.

1534-1545   Jacques Cartier explore le Saint-Laurent,
            donne au pays le nom de Canada, et publie
            ses récits pour le roi François Ier.

Entre 1567 et 1570   Naissance de Samuel de Cham-
            plain à Brouage, en Saintonge. Fils d'Antoine
            Champlain, capitaine de la marine, et de Mar-
            guerite Le Roy.

1589   Assassinat d'Henri III, Henri IV lui succède,
            mais il est protestant : les catholiques ne le
            reconnaissent pas comme le roi de France.

1593   Henri IV se convertit au catholicisme.

1598   L'Édit de Nantes reconnaît aux protestants la
            liberté d'exercer leur culte.

1599-1601   Champlain navigue au large du Mexique et
            dans la mer des Antilles. Il consigne ses observa-
            tions dans le *Bref discours*, à son retour. Ce
            recueil riche en informations lui vaut une pen-
            sion royale et le droit de séjourner à la Cour.

1603-1609   Pierre Dugua de Monts détient le mono-
            pole de la traite des fourrures en Nouvelle
            France : il s'engage à financer les installations
            et à entretenir les colons.

1603   Première exploration de la vallée du Saint-Laurent par Champlain, avec Dupont-Gravé : traite des fourrures à Tadoussac, prise de contact avec les mœurs des Indiens. Retour en France avec des Indiens, et une carte. Publication : *Des Sauvages*.

1604-1607   Explorations en Acadie. Sous la direction de Pierre Dugua de Monts, installation d'une colonie sur l'île de Sainte-Croix dans la baie de Fundy. Hiver très difficile (35 morts sur 79 hommes) en raison du scorbut. Repli à Port-Royal l'hiver suivant.

2.

Champlain, « père du Canada » : 1608-1635

La présence française dans la région du Labrador est déjà ancienne. Les abords de Terre-Neuve et du Saint-Laurent sont fréquentés depuis le XVIe siècle pour la pêche à la morue et à la baleine. Mais la traite des fourrures, en pleine expansion depuis les années 1570, se profile comme un élément encore plus prometteur au début du XVIIe siècle. Castors, loutres et martres sont très appréciés par les fourreurs de Paris ou d'Europe du Nord, qui les utilisent pour confectionner manteaux ou chapeaux. Les prix montent, doublent même. Fonder une colonie au Canada est un projet politique d'Henri IV : ses espoirs de réussite reposent sur les profits économiques que l'on imagine pouvoir tirer de ce commerce lucratif. Comme il détient le monopole, les marchands paient un droit à Dugua de Monts pour faire commerce des

fourrures. Lui qui a vendu ses terres pour investir dans
cette affaire trouve ainsi des fonds supplémentaires
pour aider à financer ces lourdes expéditions, et des
volontaires pour s'installer : l'argent qui afflue accrédite
les rêves coloniaux. Pour autant, les convoitises sont
nombreuses et les embûches se multiplient. Le début
du quatrième voyage montre à quel point il peut être
compliqué, politiquement, de monter une expédition.
Outre-Atlantique aussi, les alliances, parfois fragiles, faites avec les Indiens — et qui engagent parfois jusqu'à la
guerre —, servent un dispositif économique. Ces parte-
naires fourniront des fourrures d'autant plus volontiers
qu'ils ont la certitude d'un soutien militaire dans leurs
propres conflits contre les Iroquois. Les Indiens le savent, et donnent souvent, en gage de confiance, des
peaux de castor (III, 3).

Parti en 1603 comme simple employé volontaire
(sans solde) d'une compagnie de traite de fourrures pour choisir des routes stratégiques, Champlain
affirme peu à peu des ambitions colonisatrices. Après
1608, il se voit confier la mission de fonder une colonie à Québec et de mener des explorations dans l'intérieur des terres en direction de la Chine. Il réalise de
nombreuses cartes, figurant le réseau hydrographique
(lacs, rivières et sauts), les ressources naturelles, les
havres et ports propres à sécuriser la navigation. En
1612, il est gouverneur à Québec. Il dessine une
grande carte de la Nouvelle France, la plus riche qu'il
ait fournie (illustrée de spécimens de la flore cana-
dienne, et de deux couples d'Indiens), offrant un
relevé assez précis du territoire compris entre Terre-
Neuve et les Grands Lacs. On y lit pour la première
fois le nom de Montréal, au milieu des nouveaux topo-
nymes créés par Champlain lui-même, et toujours en

usage de nos jours. Champlain, « père du Canada » ? Cela est vrai à cette période charnière où il fonda Québec et où il établit tous ces noms dont le Canada a hérité. Preuves que le territoire a été exploré, ses cartes sont pour lui le moyen d'intéresser les autorités à cette cause à laquelle il consacra sa vie : l'expansion française en Amérique du Nord. Lors de l'occupation anglaise (1629-1632), la France pourra, grâce à ces cartes, revendiquer la paternité de ses découvertes et réclamer les territoires qui lui reviennent.

Suite à la prise de Québec par les Anglais en 1629, Champlain rentre en France et effectue un dernier séjour à Brouage. Il retournera en Nouvelle France en 1633, pour diriger de nouveau Québec, mais les relations sont tendues avec certains peuples indiens (Algonquins et Montagnais) qui ont commercé avec les Anglais pendant la période d'occupation. Champlain tombe malade à l'automne 1635. Paralysé, il meurt à Québec le 25 décembre 1635 ; son corps est inhumé dans un endroit encore non identifié.

Dugua de Monts et Champlain sont des pionniers. Ce dernier a connu les hivernages désastreux qui décimèrent souvent plus de la moitié de ses compagnons. Il sait qu'avant eux aucune tentative d'installation permanente n'a pu aboutir. Pourtant, il ose croire à la réussite de ce grand dessein, capable, face à l'adversité, de négocier sans relâche, avec une habileté et un optimisme que rien n'entame.

1608	Champlain nommé lieutenant ; sa mission, établir une colonie et commencer l'exploration de l'intérieur du pays. Choix du site de Québec pour fonder une habitation. 20 morts (scorbut et dysenterie) sur 28 hivernants.

1609   Champlain part à la découverte du pays des Iro-
        quois ; bataille contre les Iroquois, au grand lac
        auquel il laisse son nom. Cadeaux au roi à son
        retour : ceinture en poils de porc-épic, deux petits
        oiseaux, une tête de poisson étrange.

1610-1613   La traite des fourrures redevient libre.

1610   Assassinat d'Henri IV par Ravaillac. Régence de
        Marie de Médicis.
        Second assaut au pays des Iroquois. Champlain
        est blessé par une flèche. Un jeune Français est
        confié au chef Iroquet afin de s'initier à la langue
        et aux mœurs des Algonquins. Premiers baptêmes
        d'Indiens en Nouvelle France.

1612   Pour continuer l'établissement de Québec, Cham-
        plain est nommé lieutenant général (il a les pou-
        voirs d'un gouverneur). Sa mission officielle :
        trouver le chemin de la Chine et chercher des
        minerais précieux.

1613   Publication des *Voyages du sieur de Champlain*.

1613-1620   Sous l'impulsion de Champlain, le monopole
        des fourrures passe sous la tutelle du prince de
        Condé, directeur de la Compagnie du Canada.

1615-1616   Dernière expédition d'exploration aux lacs
        Huron et Ontario ; combat contre les Iroquois pour
        renforcer l'alliance avec les Hurons.

1619   Publication de *Voyages et découvertes*.

1629   La Nouvelle France tombe aux mains des troupes
        anglaises dirigées par D. Kirke. Lors de la capitu-
        lation française, Champlain réalise une carte des
        territoires explorés et négocie leur rétrocession à
        la France.

1632   Publication du dernier livre, *Voyages de la Nouvelle
        France*, qui réunit les trois autres et résume sa car-
        rière. Traité de Saint-Germain-en-Laye. Québec
        est restitué à la France.

1633   Champlain est de nouveau chargé de commander
        la Nouvelle France.

1635   Mort de Champlain à Québec.

Éléments pour une
fiche de lecture

Regarder le tableau

- Faites une liste des objets représentés sur le tableau. Essayez de déterminer leur probable provenance. Vous semblent-ils tous venir des Pays-Bas dont est originaire Vermeer ?
- D'où vient la lumière qui inonde la scène ? Quels éléments met-elle en valeur ? Pourquoi ?
- Observez longuement la scène et racontez l'histoire de la jeune fille et de l'officier. Vous commencerez par vous appuyer sur des éléments observables sur la toile pour vous en écarter petit à petit.

Synthèse sur les mœurs des Indiens

- Quel rôle ont les songes pour les Indiens ? Qu'en pense Champlain ?
- Quelles sont les difficultés rencontrées par Champlain lors des guerres qu'il mène avec les Indiens ?
- Relevez toutes les généralités sur les Indiens : les « vérités générales » formulées par Champlain.
- En les croisant avec les anecdotes, dites quel regard porte Champlain sur les Indiens.
- Montaigne et Diderot font parler des sauvages, ce qui renvoie l'homme européen à l'extravagance de

sa conduite. Montrez par des exemples tirés du texte que Champlain met lui aussi dans les paroles des sauvages une forme de sagesse.

L'ivresse du voyage

Lisez le poème de Baudelaire p. 163 :
- Partie I. Champlain correspond-il, selon vous, au portrait des « vrais voyageurs » tracé par Baudelaire à la fin de la première partie ? Expliquez.
- Partie II. Relever les mots et expressions qui désignent les voyageurs pour comprendre en quoi le regard que leur porte le poète est différent.
- Partie III. Qui est « nous » ? Comment interpréter la question finale ? Pourquoi peut-on l'associer à la lecture des *Voyages* de Champlain ?

Travaux interdisciplinaires

- Histoire-géographie : avec Champlain et Perec, réfléchissez sur l'origine des termes de géographie.
- Mathématiques : jouez avec les mesures anciennes, convertissez certains déplacements de Champlain dans les mesures actuelles (voir Perec).
- Arts plastiques : « Susciter une éclipse de soleil en levant le petit doigt. Se faire photographier en soutenant la tour de Pise… » : imaginez des situations où votre mesure humaine pourra se confronter à quelque chose d'infiniment plus grand. Vous pourrez ainsi mettre en scène votre présence et votre intervention dans l'espace à l'aide, par exemple, d'un montage photographique, sous la forme d'un collage.
- Histoire des arts :
1. Visitez l'exposition virtuelle sur l'histoire de la cartographie (http://expositions.bnf.fr/cartes/), ainsi

que sur les globes de Coronelli (http://expositions.bnf.fr/globes/) et comparez les représentations des sauvages, de la faune, les scènes de pêche, de combat, avec ce qu'en disent Champlain et les auteurs du groupement stylistique.

2. Comparez différents portraits d'explorateurs (C. Colomb, J. Cartier…) et faites des remarques sur les instruments représentés, l'arrière-plan…

3. Champlain dans son récit joue le même rôle que les personnages de dos au premier plan jouent dans certaines peintures. Recherchez des exemples de ce type de représentations dans l'œuvre de Caspar David Friedrich. D'après vous, quel est le rôle de ces personnages ?

Les découvertes : ateliers d'écriture

- Écriture, à partir de la figure de l'énumération : comprendre comment Perec a organisé son énumération-inventaire des termes géographiques (jeux sonores, sémantiques), et écrire, sur ce modèle, l'énumération des noms de lieux cités par Champlain (de mémoire ou en consultant le livre) : « un inventaire d'espaces ».

- « Espace inventé » : vous revenez d'un voyage sur une autre planète, écrivez trois pages de votre journal de voyage à la manière de Champlain ; s'il le faut, inventez des mots pour traduire les réalités nouvelles que vous auriez découvertes (consulter aussi les albums de François Place pour ce travail).

Voyagez sur internet !

- Bibliothèque nationale de France : exposition virtuelle sur l'histoire de la cartographie, et de la

conquête des mers (avec pistes pédagogiques et jeux) : http://expositions.bnf.fr/cartes/ et, sur les globes de Coronelli : http://expositions.bnf.fr/globes/
La carte magnifique réalisée par Champlain en 1612 est à consulter sur le site « Gallica » de la Bibliothèque nationale de France, à l'adresse suivante : http://visualiseur.bnf.fr/Visualiseur?Destinations=Gallica&O=IFN-07839977

- Musée du quai Branly : pour aller voir les objets des Indiens rapportés par les explorateurs : http://www.quaibranly.fr

- Musée canadien des civilisations : des informations sur tous les explorateurs, sur leurs périples, sur les Amérindiens, les objets indiens et ceux des colons, et aussi des cartes anciennes, un glossaire, des jeux… http://www.civilization.ca/mcc/explorer/musee-virtuel-de-la-nouvelle-france

- Archives du Canada et de France : exposition virtuelle retraçant l'aventure de la Nouvelle-France, depuis les premiers voyages de découverte jusqu'à la fin du Régime français. Très accessible à tous, elle est composée de documents d'archives, belles gravures, cartes en couleurs, extraits sonores ou textes : plusieurs centaines de documents classés en douze rubriques faciles à comprendre (partir, voyager, rencontrer, fonder, vivre, commercer, combattre…) pour mieux appréhender, en musique et en images, l'histoire des terres françaises en Amérique (version pdf possible). Beaucoup sont très précieux pour accompagner la lecture de Champlain. http://www.champlain2004.org/html/exposition.html

Collège

Lycée

Série Classiques

Pour plus d'informations,
consultez le catalogue à l'adresse suivante :
http://www.gallimard.fr

Composition Nord Compo
Impression Novoprint
à Barcelone, le 21 octobre 2010
Dépôt légal : octobre 2010

ISBN 978-2-07-043812-9./Imprimé en Espagne.

174494